のスナイパー　長いお別れ

愁堂れな

幻冬舎ルチル文庫

CONTENTS

✦目次✦

真昼のスナイパー　長いお別れ

✦カバーデザイン＝高津深春（CoCo.Design）
✦ブックデザイン＝まるか工房

イラスト・奈良千春✦

真昼のスナイパー　長いお別れ

1

「大牙《たいが》……いや、佐藤《さとう》さん、そろそろ話を聞かせてもらえませんか」

警視庁の取調室。刑事時代には、何度もこのパイプ椅子《いす》に座ったことがある。

だが座る向きは違った、と俺は伏せていた目を上げ、目の前に座る――かつての俺の向きで座る鹿園祐二郎《しかぞのゆうじろう》の顔を見た。

「あなたの部屋から逃走した狩野《かのう》と名乗っていたあの男、あの男とあなたの関係は？」

目が合うと鹿園は一瞬痛ましげな顔になったものの、すぐにきつく俺を見据え、厳しい口調で問いかけてきた。

「…………」

狩野と『名乗っていた』彼と自分の関係を一体どう説明したらいいのか。最初から黙秘を貫くつもりではあったが、そうでなくともどういう『関係』と説明すればいいか、俺自身がよくわかっていなかった。

一応、雇用主とアルバイト――ということになるのか。だがそれは『彼』がついた体のいい嘘だ。俺は確かに『彼』に手伝ってほしいと頼みはしたが、雇用契約はまだ結んでいなかった。

友人――では間違いなく、ない。しかし『恋人』というのも躊躇《ためら》われる。

果たして俺と『彼』の関係は、なんと表現したらいいのだろう。

いつしか一人の思考の世界に入り込んでいた俺は、目の前の机をやや強い力でバンッと叩かれ、はっと我に返った。

『ああ、ごめん。聞いてなかった』

向かい合って座っている、余りに馴染《なじ》みのある顔を見るとつい、いつもの口調でそう告げそうになる。

だが、今、鹿園は俺の『親友』ではなかった。捜査一課の刑事――俺を取り調べている刑事なのである。

「そもそもあなたは、あの『狩野』が誰だったかを知っていたんですか？」

「…………」

それは――当然、知っていた。頷《うなず》こうかと迷った結果、俯《うつむ》くだけに留《とど》める。

黙秘を貫こうとしているのは、『彼』の行方《ゆくえ》を案じていたこともあったが、それ以上に、目の前に座る鹿園に対し、申し訳が立たないから、という理由が上げられた。

警察時代から今にいたるまで、彼には本当に世話になっている。世話になったからというだけではなく、鹿園との友情を裏切ってしまったことへの後ろめたさが俺の口を塞《ふさ》いでいた。

俺にとって『親友』といえるのは鹿園くらいのものだ。その親友を裏切るようなことをし続けていた、それについては言い訳のしようがない。

そんな俺の心理を読んだのか、鹿園は暫《しば》しじっと俺の目を見つめていたが、やがて小さく溜《た》め息を漏らし、抑えた声音で問いを発した。

「あの男は『Ｊ・Ｋ』の通り名を持つ殺し屋です。知っていたら当然、通報していたはずですよね？」

「…………」

『当然』――そう、当然そうすべきだろう。元警察官であるならなおさらだ。殺人の罪を犯した人間を野放しにしていていいはずがない。

だが、俺にはできなかった。なぜなら――。

「佐藤さん、なんとか言ってください」

バンッ。

再び目の前の机が叩かれ、鹿園が声を張り上げる。

「……っ」

自然と身体《からだ》がびくっと震えた。俺もよくこうして容疑者を取り調べたものだった。声のトーンや言葉の厳しさで抑揚をつけ、一気に畳みかけて犯人《ホシ》を落とす。俺は強面《こわもて》ではなかったが、この辺のノウハウを使うのを結構得意としていた。

鹿園は普段穏やかであるだけに、不意に厳しさを増した彼の声音に、眼光の鋭さに、まさに『落ちそう』になってしまい、唇を噛《か》む。

「黙秘の理由は？　なぜ何も喋《しゃべ》らない？」

尚《なお》も厳しい声で鹿園が俺を問いつめる。

言えないんだ。お前に対して申し訳なさすぎて。心の中で呟《つぶや》いていた俺は、ああ、違う、と思わず溜め息を漏らしそうになり、強く唇を噛みしめた。

それもまた詭弁《きべん》だ。ただ俺は勇気がないのだ。鹿園に対し、こう宣言することに。

『J・Kが殺し屋であることは知っていた。彼を逮捕させたくはない。なぜなら俺は彼を愛しているから』

「佐藤さん！」

またもバンッと鹿園が机を叩く。

黙秘したところで、解決策は何もない。証拠を探そうとすればいくらでも俺と『彼』を繋《つな》ぐものは出てくるだろう。

いや、『彼』のことだから、自身の形跡を残すようなヘマはしないか。

今頃、『彼』はどこで何をしているのだろう。俺の脳裏に『彼』の——愛《いと》しくて堪《たま》らない男の顔が浮かぶ。

無事に逃げられただろうか。逃げられているからこそ、鹿園は俺を厳しく問いつめているのか。その行方を捜すために。

だとしたらますます、喋るわけにはいかない。切れそうなほどに唇を噛みしめながら俺は、愛しい男の無事をただ祈っていた。


俺、佐藤大牙は兄の経営する築地《つきじ》のしょぼい探偵事務所で働いている探偵である。前職は警視庁捜査一課の刑事で、訳あって四年前に退職し、探偵となった。

人格的にはともかく、経営者としての兄の手腕はそれはたいそうなもので、兄がいるときには探偵事務所も繁盛している。

『諸事情』で兄が不在の場合には俺一人で事務所を切り盛りしているのだが、俺には兄に備わっている天性の美貌《びぼう》もなければ人の心を摑《つか》む術《すべ》も持っておらず、その上クライアントが期待する『元警視庁捜査一課の刑事』像とはかけはなれているらしく、入った予定は悉《ことごと》くキャンセルされてしまうという、いわば『落ちこぼれ』の探偵だ。

そんな俺のもとに、総資産百億以上という資産家、西宮《にしみや》家の顧問弁護士から、法定相続人の行方を捜してほしいという依頼が舞い込んだのはつい先日のことだった。

その『法定相続人』が実は俺のごく身近にいる人物であったことから、それがあからさまな『罠《わな》』とはわかっていたものの、蓋《ふた》を開けてみれば死人がゴロゴロ出ることになった上に、身内からも怪我人《けがにん》が出てしまったという、いわゆる『大事件』に発展した。

だがそのせいで俺が、こうして取り調べを受けているわけではない。

大事件の予感を抱《いだ》いていたがゆえに、俺はある男に是非、手を貸してほしいと懇願した。一旦《いったん》は断られたが、結果としては俺の頼みを引き受けてくれた、その男のことが問題となっているのだった。

男の名は華門饒《かもんじょう》。通称J・Kという『殺し屋』である。

俺と華門とのかかわりは、一年ほど前、ある人物が俺を殺すよう華門に依頼したことに始まった。

今、俺が生きていることからもわかるが、結局華門は俺を殺さなかった。それどころか、俺が警視庁を退職するきっかけとなった事件の真相を暴いてもくれ、しかも俺が捕らわれ続けていたトラウマからの脱却にも協力してくれ、あんなこんなの出来事を経た今では『恋人同士』といってもいい関係となっている。

殺し屋とわかってはいたが、好きだという気持ちは止められなかった。今まで彼が命を奪ってきたその人数がどれほどかはわからない。おそらく俺の想像を超えた数の人間を殺しているのだろうが、それでも俺は、華門が悪人とは思えなかった。

犯した罪は償わねばならない。元警察官としてはそう思って当然なのだが、華門に関してはその思いが鈍った。

当然、罪の意識は抱いていてほしい。その上で人生はやり直せるものなのだ、と本人にもわかってほしい。

華門はおそらく『殺し屋』になる以外に、生きる道を与えられなかったのではないか。最初から選択肢が与えられていないのだったら、その道を選ばざるを得なかったわけであるから、それが『罪』だと知るより前には、本人に罪の意識がなかったことは責められない。俺にはそう思えてしまうのだ。

惚《ほ》れた弱み。まあ、そうなんだろうとは思う。それでも俺は、華門との『明日』を望んでいたし、実現できると信じていた。

今回も今までのように、華門の働きによって、俺の大切な人たちの身の安全は守られた。それで大団円、となるはずだったところに、鹿園が大勢の武装した警察官を引き連れ、華門を逮捕するべく俺と彼が同衾《どうきん》中のところに踏み込んできたのだった。

華門は無事、逃走した。俺は逮捕こそされなかったが、華門とのかかわりや彼の行方の心当たりについて、取り調べを受けていた。

「いい加減、何か喋ってくれないか？　大牙」

溜め息交じりに鹿園がそう言い、俺の目を覗《のぞ》き込んでくる。敢《あ》えて呼び名をいつものように、名字ではなく『大牙』としたのは、彼なりの俺への揺さぶりなのではないかと思う。

『友情を裏切る気か』というパフォーマンスに違いない。

いいや、鹿園はそんな小芝居を打つような男ではなかった。友情に厚い彼であるから、きっと本気で俺との友情に訴えてきているのかもしれない。

俺を『犯罪者の仲間』にしないように――。

己の考えが正しかったことは、続く鹿園の言葉が証明していた。

「お前は狩野がＪ・Ｋとは知らなかった。アルバイトで雇ったというだけで、素性はしっかり調べなかった。そうだよな、大牙」

頷いてくれ。鹿園の目が必死にそう訴えかけているのがわかる。

踏み込まれた状況が状況だったというのに、取調室に連れて来られて以来、彼はそのことについては一切追及してこない。

まず一番に問い質《ただ》されるであろう『状況』だった。そこから鹿園は、俺と『狩野』の、いや、『Ｊ・Ｋ』との関係を察したに違いないのだから。

要は、ベッドインしているところを踏み込まれたのだ。正確には『事後』だが、ベッドで二人、全裸で抱き合っている姿を見ているにもかかわらず、鹿園は、おそらくは彼の『友情』からそのことについては一言も言及してこないのだった。

「お前はＪ・Ｋに利用されただけだ。Ｊ・Ｋの目的はなんなんだ？　今回西宮家の長男次男、それに顧問弁護士と、ああ、看護師もか……彼らの命を奪うことだったんじゃないか？　そして弁護士の雪村《ゆきむら》が犯人であるかのように偽装した。実際、手を下したのはＪ・Ｋだった。そうだろう？」

「それは違う」

あくまでも黙秘を貫くつもりであったというのに、堪らずここで俺は鹿園の言葉を否定してしまった。

「どうしてわかる？　『狩野』はＪ・Ｋだったんだぞ？　彼の存在した場所で四名もの人間が亡くなったんだ。犯人と疑うのは当然のことだろう？」

途端に鹿園が俺に反論してくる。彼に対し、俺も反論したい気持ちが募ったが、理由を説明するとなると、俺と華門との関係について語らざるを得なくなるため、気力でその気持ちを抑えていた。

ただ、これだけはわかってほしいという願いを込め、俺は鹿園に訴えかけた。

「彼らを殺したのは弁護士の雪村に間違いない」

「どうして断言できる？」

鹿園は尚も反論してきた。

『今までＪ・Ｋが自分の殺しの罪を他人に着せようとしたことなどあったか？』

そんな卑怯《ひきょう》な男ではないと、言ってやりたかった。

『殺すどころか、護《まも》ってくれていたんだ、我々の仲間を』

DON'T
TOUCH

そうも言ってやりたかったが、言えば鹿園に『狩野がJ・Kであると認めるんだな』と突っ込まれることがわかっていたので、それ以上は何も言うことができず、再び俺は貝のように口を閉ざすべく唇を引き結んだ。

「大牙、なぜだ？　断言した理由を教えてくれ」

それでも問いを重ねてくる鹿園の必死の形相を前にし、罪悪感がむくむくと胸の中で広がってくる。

長年の友情を裏切ることへの罪悪感は、だが、一刻も早く自由の身になりたいという欲望には勝らなかった。

身の自由を取り戻したいその理由は、華門の無事を確認したい、それに尽きた。友情よりも優先させたいその人物が犯罪者であることはますます、鹿園の友情を裏切ることとなる。

体のいい言い訳だと自覚しつつも俺は、その後は何を問われても一言も答えることなく、鹿園が諦《あきら》めてくれる瞬間まで黙秘を貫こうと口を閉ざし続けたのだった。

結局その夜、俺は事務所に帰ることを許されず、拘置所に留め置かれることになった。指名手配中の犯人、殺し屋のJ・Kを匿《かくま》った、もしくは逃亡を助けた罪で起訴されることになるかもしれない。狭い拘置所の独房の中、膝《ひざ》を抱えて座りながら俺は、その覚悟も決める必要があるなと心の中で呟き、思わず深い溜め息を漏らしてしまっていた。

自業自得ではあるが、かつて刑事であった自分が前科者になることを思うと、堪《こら》えようとしてもやはり溜め息が出てきてしまう。

今更、女々しいぞ。覚悟を決めていたからこそ、華門と付き合い続けていたのではなかったか。

己に言い聞かせる自分の声を頭の中で聞きながら俺は、独房内の壁に背中を預け、堪えたはずの溜め息をまた漏らしてしまっていた。

どうしたらいいのか。必死で頭を巡らせ、この先のことを考えようとする。

まず知りたいのは華門の無事だった。次に知りたいのは、なぜ、鹿園があの場に踏み込んできたのか、その理由だ。

後者のほうは取り調べ中に鹿園の口から聞くことができるかもしれない。が、前者はこうして警察内にいるかぎり、知る術がない。

華門が捕まらないかぎりは——。

逮捕されれば即起訴、そして裁判にかけられ、おそらく死刑判決が出るだろう。だがあくまでもそれは『逮捕されれば』で、華門が易々と逮捕されるとはとても考えられない。

一刻も早く自由の身となり、彼と連絡を取りたい。そして今後について話し合いたい。相談したい。

『今後について』と心の中で呟いた己の言葉が、収まりどころがなく頭の中で宙ぶらりんになっている。

俺と華門。二人には果たして『今後』が——『未来』があるのか。

あるとすればそれは、どういう未来なんだろう。

犯罪者として世間に背を向け、警察の手を逃れ続ける、そんな未来だろうか。

それとも、と別の、比較的明るい未来を考えようとしたが、どう考えようとも悲観的な未来しか開けていないという現実に突き当たり、またも俺は己に禁じた溜め息を漏らしそうになった。

世間に背を向けると同時に俺は、親友である鹿園にも、そして今やたった一人の身内となった兄にも、世話になりっぱなしの大家の高橋春香《たかはしはるか》にも、彼の恋人で今や資産百億の大金持ちとなった君人《きみと》にも、春香の友人でやはり非常に世話になっている麻生《あそう》にも、背を向けることになるのだ。その覚悟ができているかと問われた場合、できている、と頷くことはやはり俺にはできなかった。

だが、華門と生きていくというのはそういうことなんだよな、と思い切りをつけようとするも、果たして華門は俺と共に生きていくことを承諾してくれるだろうかという疑問が生じる。俺には華門が必要だが、華門に俺が必要かどうか、まずそれを彼に聞いてみたかった。

華門の答えは、まったく予想がつかない。

イエス、と言ってくれる気はしなかった。だが、にべもなくノーと言われる気もしないのだ。

どっちだよ、と自分自身に突っ込みを入れたくなるし、ノーと言われないというのは単なる希望的観測じゃないかとも思えるのだが、それでも俺は華門が少しは自分のことを思ってくれているに違いないという確信を得つつあった。

何はともあれ、まずはこの拘置所を出ることだ。出たあとも監視の目は光っている可能性は高いが、とはいえ一日二十四時間ずっと見張られているわけではないだろう。

実際会うことは難しいかもしれないが、電話はできる。せめて会話がしたい、といつしか携帯を握るかのように拳《こぶし》を握り締めていた俺は、今、自分の胸に溢《あふ》れる本当の願いに気づいてしまった。

声が聞きたい。

耳許《みみもと》で囁《ささや》かれると、文字通り腰が砕けそうになる、ハスキーな彼の声を聞きたかった。

『大牙』

幻の彼の声を頭の中で再現しようとし、そういえば華門が俺の名を呼んだことがあっただろうか、と首を傾《かし》げる。

『お前』

そう呼びかけられるのが主だった。下手したら名を呼ばれたことは一回もなかったりして。だとしたらちょっとショックじゃないか？　身体の関係まであるというのに、しかも一度や二度じゃなく、それこそ数え切れないくらい抱き合っているというのに、名前で呼び合わない関係などこの世にあるんだろうか。

ああ、でも俺も彼のことを『華門』と名字で呼んでいるか。今度会ったら『鐃』と呼んでやろう。きっと驚くに違いない。いや、華門のことだからしれっと受け止めるだろうか。

「…………………」

紛れもない現実逃避をしている己の思考回路に気づき、俺はまたも、深い溜め息を漏らしてしまった。

会いたい。ただただ、会いたい。

彼の無事を祈る以上に、今、己の胸に溢れているのは、華門の顔が見たい、それが無理なら声を聞きたいという、自分でも呆《あき》れてしまうくらいの『恋する男』の抱く願望そのもので、自分は正真正銘の馬鹿なのか、と尽きせぬほどの自己嫌悪の念に身を包みながら俺はその夜、拘置所の中で一睡もできずに過ごしたのだった。

翌日もまた取り調べが行われることを覚悟していたのだが、なぜか俺は朝一番に拘置所を出され、迎えにきた兄、凌駕《りょうが》に引き渡された。

「兄さん」

「……もぅ、何やってんだか」

兄は珍しく真面目な顔をしていた。やれやれ、というように溜め息をついたあと、俺を兄のもとへと連れていった警官に、

「大変お世話になりました」

と深々と頭を下げた。

「あ、いえ……」

兄の美貌に見惚《みと》れていたらしい若い警官が、真っ赤になる。彼は結構可愛い顔をしていたので、いつもであれば兄は『いやだあ』などと媚《こ》びを売っていたであろうに、なぜか今日は殊勝な顔のまま再度頭を下げ、俺の腕を取って歩き始めた。

「行くよ、大牙」

「あ、あの……」

『帰る』ではなく『行く』のか。一体どこへ、と問おうとしたが、兄は無言のままずんずんと歩き続け、俺の問いかける声に聞く耳を持ってはもらえなかった。

「……あ……」

建物の外には黒塗りの車が停まっており、兄と俺が姿を現すと運転手が降りてきて後部シートのドアを開いた。

「乗って」

兄がぐい、と俺の手を引き、先に車に乗り込ませようとする。

「…………」

車内には先客がいた。その顔を見て俺は、確かに『彼』なら運転手付きの車に乗るのもわかるな、と無言のまま俺を真《ま》っ直《す》ぐに見据えていたその先客に向かい、頭を下げた。

「早く乗って」

そんな俺の背を凌駕が押しやり車に乗せたあと、隣に乗り込んでくる。

「理一郎《りいちろう》、お待たせ」

兄が身を乗り出し、俺越しに『彼』に声をかけた。

「そんなに待ってはいないよ」

『彼』も——鹿園理一郎もやや身を乗り出し、俺越しに凌駕に微笑《ほほえ》みかける。

名字からわかるとおり、理一郎は俺の親友、祐二郎の歳《とし》の離れた兄にして、警視庁刑事局次長という高い役職についている人物だった。更に言うと、俺の兄の『現在の』恋人でもある。

兄は弟の俺から言うのもなんだが物凄《ものすご》い『ビッチ』であり、一人の男との関係が長続きしたためしがない。だが理一郎とは今のところ、何度も破局の危機を迎えながらも続いているほうだと思う。

社会的地位が高いだけでなく、品格も高く誰もが尊敬の念を寄せるこの鹿園兄も俺の兄にかかっては形無しで、それこそ二人一緒にいるともう『バカップル』としかいいようのない状態となるのが常だというのに、二人が車内で交わした会話はこの二言のみだった。

重苦しい沈黙が車中に流れる。兄も鹿園兄も前方を向いたままむっつりと黙り込んでおり、厳しい表情を浮かべる二人に対して俺から『これからどこに行くのか』と問うことはちょっとできそうになかった。

方向的にウチではない気がする。ではどこか、と疑問に思いつつ、ちら、と兄の――凌駕の顔を窺《うかが》う。

視線に気づいたのか、凌駕が俺を見た。彼の眉間《みけん》にはくっきりと縦皺《たてじわ》が寄っている。脳天気な兄のこんな顔を見るのは初めてで、戸惑いから声を失っているうちに凌駕は前を向いてしまい、問いかけるきっかけをも失った。

そのうちに車は見覚えのある道を走り始め、自分がどこに連れていかれようとしているのかをようやく俺は知ることができた。

車が停まったのは、予想どおりの場所であり、また、俺が何度と数え切れないくらいに訪れたことのある、鹿園のマンションだった。

鹿園兄がオートロックを持っていたキーで解除し、中に入る。

「…………」

無言のまま兄が俺と腕を組むようにし、行くぞ、と歩き始めた。

「兄さん」

ちょっと一人になりたい、と、兄の手を振り解《ほど》こうとしたが、少しも緩まなかった。華奢《きゃしゃ》なその腕のどこにそんな力が、と驚くような強さで俺の腕を引き凌駕が歩き出すと、先に建物内に入っていた鹿園兄も引き返してきて兄とは反対側の腕を取り、俺は二人に連行されるようにしてエレベーターへと向かわされたのだった。

「理一郎さん、兄さん、話を聞いてくれ」

『話』といいつつ、何を話すかは考えていなかった。ただ、このまま部屋に連れ込まれたら、次、いつ出られるかわからないという予感がしたため、俺はなんとかして二人から逃れようとしたのだが、二人とも俺の話には耳を貸さず、無言のまま俺を引き立て続けた。

「逃げないから！　一度ウチに戻らせてくれ。どうかお願いします」

最初兄に訴え、続いて鹿園兄に訴えるも、二人には完全に無視されてしまった。

「兄さん！」

叫んだときにはもう、鹿園の部屋に連れ込まれ、リビングまで引き摺《ず》られていた。

「大牙、お前、わかってないな」

凌駕が厳しい顔を俺へと向ける。

「……え？」

今まで聞いたことがないようなきつい口調に驚き、兄の顔をまじまじと見る。

「お前が拘置所を出られたのは偏《ひとえ》に、ロシアンの尽力によるものだよ。そうじゃなきゃ、すぐさま逮捕、起訴されていたところだ。指名手配中の犯罪者の逃亡に手を貸したんだから」

「……兄さん……」

兄の目には怒りの炎が燃えていた。

「情けないよ、大牙。お前は元警察官だろう？　なぜ犯罪者を庇《かば》った？　刑事を辞めたからといって、人としての道理や倫理観を捨てたわけじゃないだろう？」

普段であれば、『お前に道理や倫理観を語られたくない』と突っ込んでいたことだろう。だが今の兄には、そんな突っ込みを入れる隙など少しもなかった。

「家に帰りたいというのなら、今すぐ、そのJ・Kとのかかわりを説明した上で、彼の行方について心当たりがあれば言え。そうしたからといってお前が犯罪者を庇ったという事実は消えはしないが、少なくともロシアンの友情に応えることにはなる」

「……兄さん……」

「それ以前に、犯人逮捕に協力することが元警察官としては選ぶべき道なんじゃないか？」

横から現役警察官である鹿園兄も、厳しい声音でそう言葉を足してくる。

「…………」

黙り込んだ俺の目を覗き込むようにし、凌駕が尚も訴えかけてきた。

「言うんだ、大牙。お前は『狩野』という男が殺し屋のJ・Kと知った上でかかわっていたのか？　だから黙秘を貫いているのか？　それが、僕や——それにロシアンや理一郎、皆を裏切っているのと同義だということがわかってやっているのか？」

じっと俺を見つめる凌駕の目がみるみるうちに潤んでくるのを、俺は呆然《ぼうぜん》としたまま見つめていた。

凌駕は浮気がバレたときなどに、よく嘘泣きをして誤魔化《ごまか》そうとする。だが、今、兄の目に滲《にじ》んでいるのはそんな、偽りの涙ではなかった。

「情けないよ……本当に……っ」

悔しげにそう言い、唇を噛む。涙を堪えようとしているその顔を前にする俺の胸には、これでもかというほど罪悪感が満ちていたものの、その罪悪感に屈し、華門との関係を兄や鹿園の兄に明かす気には、どうしてもなれないでいたのだった。

2

鹿園のマンションのリビングに、これから自分が軟禁されるであろうと覚悟してはいたものの、まさか二十四時間態勢で見張りがつくことまでは予測していなかった。

拘置所から俺を連れてきたあと、兄の凌駕と鹿園兄はかわるがわるに俺を問い詰め、華門との関係や彼の行方を聞き出そうとした。

付き合っている。恋人同士だ。少なくとも俺はそのつもりでいる。

それこそ『ビッチ』かつ筋金入りのゲイである兄にならそのくらいのことは言えそうなものなのだが、俺の口はどうしても開かなかった。

華門と『恋人同士』である自信がなかったから——ということもあるが、何より、それを言えば兄の信頼を裏切る結果となるとわかっていたためだった。

兄はビッチではあるが、犯罪者と敢えて関係を持ったりはしない。男関係での倫理観は欠片《かけら》もないが、人としての倫理観はしっかりしている。

それがわかるだけに、兄を失望させたくないと、どうしても考えてしまう。だが、俺が華門を『殺し屋』と知った上で、付き合っていたのも、身体の関係まで持ってしまっていたのも事実であるので、『知らない』『付き合っていない』という嘘はやはり、実の兄にはつけなかった。

午後八時、鹿園が帰宅すると、二人はバトンタッチ、といった感じで鹿園宅を去っていった。

室内には俺と鹿園、二人が残される。

「食事は？」

取調室で向かい合っていたときの、余所余所《よそよそ》しい感じは鹿園からは消えていた。

「……まだだ」

「なんだ、兄さんも出前でも取ってくれればいいものを」

すぐ作る、と笑顔を残し、キッチンへと消えようとした鹿園だったが、彼の笑みはどう見ても無理しているとしか思えなかったため、俺はあとを追うことにした。

「鹿園」

「何が食べたい？　パスタでいいかな？　すぐできると思うし」

「鹿園」

「それとも何か取ろうか。蕎麦《そば》でも……ああ、ピザでもいい。カレーも出前ができるかな」

「……鹿園……あの……」

呼びかけ、彼の視線を自分へと向けようとする。が、実際鹿園の目が向くと俺は、目を逸《そ》らせてしまっていた。

「……俺はお前が自分から喋ってくれると信じているから」

ますます無理をしているのがありありとわかる笑みを鹿園は浮かべ、俺に頷いてみせる。

「…………俺は…………」

喋ることを求められているのは華門の行方だろう。だがそれは俺も知り得ないので、喋りようがない。

でもこのことなら語れる。いよいよ、心を決めるときだと決意した俺は、鹿園に告げるべく口を開いた。

「俺とあの『狩野』という男との関係は……」

「なあ大牙」

と、なぜかここで鹿園が、敢えて作ったらしい明るい口調で声をかけてきた。

「……え？」

不自然すぎるその声に戸惑い、言葉を失う。

「まずは食事にしよう。なあ、何が食べたい？　パスタか？　寿司か？　蕎麦か？　カレーか？」

次々問いかけてくる鹿園は、先ほどの彼の言葉とは裏腹に、あたかも俺に事実を喋らせまいとしているかのようだった。

付き合っていると――少なくとも俺は『狩野』と名乗った男のことが好きだと告げようとしていた俺の決意が宙に浮く。

「…………鹿園…………」

「……ここは取調室じゃないからな」

ぼそり、と鹿園が言い訳のように呟く。彼の顔には苦悶《くもん》の表情が浮かんでいた。

そんな顔を見てしまっては、何も言えなくなる。

自分に甘いとしかいいようのない言葉が頭に浮かぶことに、この上ないほどの自己嫌悪の念が芽生える。

それに反省し、すべてを打ち明けよう――となればまだいいものを、結局俺は状況に甘えて口を閉ざすことを選び、ますます自分に対する嫌悪の念を深めていったのだった。


翌朝、鹿園の出勤時間前に彼のマンションにやってきたのは、被弾し入院しているはずの春香だった。

「春香さん、大丈夫なの？」

思わず問いかけたが、対する春香の表情が硬かったことから、彼もまた俺が犯罪者を庇ってたことに対し、許せない思いを抱いていると悟ったのだった。

「大丈夫よ。撃たれたといっても急所は外れていたし」

それでもいつもの明るい口調を心がけつつ答えてくれた春香に俺は、ごめん、という気持ちを込め、頭を下げた。

「それじゃ、春香さん、頼みます」

鹿園が春香に声をかけたあと、俺へと視線を向ける。

「大牙、いってきます」

鹿園の目には期待感があるように見えた。春香なら俺の口を割らせることができるのではないかと思っているらしい彼から目を逸らせ、俺は送り出す挨拶《あいさつ》を口にした。

「いってらっしゃい……」

「こうして大牙に見送られるというのもいいもんだな」

はは、と鹿園が弱々しく笑う。

無理しすぎだろう。そう思いはしたが、からかって笑いに持っていくことはできず、そのまま俺も、『無理しすぎ』の笑顔を浮かべ彼を見送った。

「ねえ、トラちゃん」

鹿園が出ていくと春香は、じっと俺の目を見つめ問いかけてきた。

「……なに?」

「あんたがバイトとして雇ったっていうあの狩野って男が、殺し屋のＪ・Ｋというのは本当なの？」

「…………」

どう答えればいいのか。暫し迷ったが、春香の、まだ本調子ではないと思われる、血色がそうよくない顔を見た瞬間、俺は心を決めた。

「うん。本当なんだ」

まだ、体力的につらいに違いない。それを押してでも来てくれた、春香の心根には答えねばならない。それで俺は彼にはすべてを打ち明ける決意を固めたのだった。

「……狩野というのは本当の名前じゃない。俺が知っている彼の名は『華門』っていうんだ。華門饒」

「カモン・ジョー……Ｊ・Ｋね」

溜め息交じりの声で春香が呟き、やれやれ、といった顔を俺へと向けてきた。

「トラちゃん、あなた……恋してるのね」

「……うん」

頷いた俺を見て、春香は少し驚いた顔になったあと、苦笑し、肩を竦《すく》めた。

「ロシアンにあなたからその辺の話を聞くよう、頼まれてはいたけど、まさか正直に認めるとは思ってなかったわ」

超今更ではあるが『ロシアン』というのは春香がつけた鹿園のあだ名だった。やはり鹿園は春香に頼んだんだな、と頷いた俺に春香が問いを重ねてくる。

「あんたが浮かれ始めてから一年くらい経《た》つかしら……出会いはそのくらいの時期なんじゃない？」

「……一年……まあ、そんな感じかな」

華門と初めて会ったのは約一年前だ。しかし鋭いなと俺は、思わず素で感心した目を春香に向けてしまった。

「当たり前でしょ。あたしを誰だと思ってるのよ」

俺の言いたいことを正確に察したらしい春香はそう吐き捨てたあと、はあ、と深い溜め息をついて寄越した。

「よりにもよって、なんで殺し屋なのよ？　世の中にはごくまっとうな男が溢れてるっていうのに」

「……わからない。でも、初めて会ったときからなんていうか、こう……ぐっと来たんだ」

春香が自然体だからか、俺もまた、ごく自然に自身の胸の内を語ることができていた。

「ぐっときたって……いわゆるアレ？　ビビビッてやつ？」

「……それが松田聖子発祥だとわかる人は今、どのくらいいるんだろうね」

「あらやだ。みんなわかるわよ」

春香は口を尖《とが》らせたものの、すぐさま真面目な顔になり、問いを重ねてきた。

「出会いのきっかけってなんだったの？」

「彼が俺の殺人《ころし》を依頼されたことだった」

「え？　殺されるところだったの？　殺されなかったのはなに？　恋人になったから？」

「そうじゃなくて、まるで懸賞金みたいに、自分以外の殺し屋や組織にも殺害要請が出ていたことがわかって、それで思いとどまってくれたというか……」

「……それが理由なの？　その殺し屋も、トラちゃんのことを思ってくれているってわけじゃなくて？」

「……わからない……」

そうあってほしい。だが、答えは俺の知るところにはない。それで俺は首を横に振り、こう答えた。

「……そうだといいとは思ってるけど」

「恋は盲目ってやつね」

やれやれ、と溜め息を漏らした春香が、きつい目で俺を睨《にら》んでくる。

「あんた、利用されてるんじゃないの？　その殺し屋に」

「それは違うんだ」

誤解はしないでほしい、という気持ちが、気づいたときには俺の唇から零《こぼ》れ落ちていた。

「どちらかというと利用してたのはコッチだったし」

「あらやだ、まさかあんた、誰かをそのＪ・Ｋに殺させたってこと？」

春香がぎょっとしたように目を見開く。

「違うよ」

俺は慌てて否定したあとに、そんなふうにとられるとは、一体俺をどういう人間だと思っているんだ、とショックを受けたあまり、つい春香を責めてしまった。

「俺が人殺しを頼むような人間に見えるってことかよ」

「今までは見えてなかったわよ。でも犯罪者を庇っていたのは事実でしょ？」

俺としては春香が失言を詫《わ》びるものだとばかり思っていたのだが、少しも動じる素振りをみせず彼がそう告げたことで、ますますショックを受けた。

「そりゃそうだけど……」

「冗談よ」

落ち込んだのがわかったのか、春香がフォローを入れてくれる。だが彼の顔は笑っておらず、『冗談』も気休めでしかないことはよくわかった。

「で？　何を利用してたの？」

ますます落ち込んだせいで言葉を失っていた俺に春香が、話の続きを促してくる。

「え？　ああ。そう。俺が華門を利用して……というか、彼に協力を要請していたって話なんだよ」

　そこをわかってもらえれば、春香の気持ちも少しは解けるんじゃないか。落ち込んでいる場合じゃなかった、と俺は勢い込んで話し始めた。

「今回、君人君の遺産相続の話が持ち上がったときにも、実は華門のほうから俺に教えてくれたんだ。君人君の殺害依頼が何者からかあったってことを」

「なんですってぇ⁉」

　その瞬間、春香が部屋中、いや、マンション中に響き渡るような大声を上げたかと思うと俺の首を締め上げる勢いで問い詰めてきた。

「どういうこと？　君人を殺すってこと？　ちょっとトラちゃん、あんた、一体何考えてんのっ‼」

「ち、違うよ。華門は君人君が狙《ねら》われていることをわざわざ俺に教えに来てくれたんだって！」

　二十歳《はたち》そこそこの恋人、君人の名が出ると春香は文字通り『人が変わる』。それこそ『恋する乙女』となるわけなのだが、その恋人の身に危険が迫っていたことを知らされては逆上するのもわかった。

　とはいえ話を聞いてもらわないと困る、と俺は己の襟元《えりもと》を摑む春香の手を苦労しながら外させると、ようやく息ができるようになった、と深く吐き出してから、改めて状況を説明し始めた。

「君人君を捜せという依頼が西宮家の雪村弁護士からウチの探偵事務所に持ち込まれたじゃないか。ピンポイントでウチに依頼してきただなんて、罠か何かに違いないと思っていたところに華門がやってきて、君人君の殺人依頼が来ていることを教えてくれたんだ」

「……それで？　彼は依頼を受けたの？」

春香が硬い表情で問いかけてくる。

「断ったと言っていた。それで俺は逆に彼に頼んだんだ。君人君を護ってほしいと」

「護る？　殺し屋に君人を護れと頼んだの？」

春香が訝《いぶか》しげに眉《まゆ》を顰《ひそ》める。

「他の身内を殺せと頼むんじゃなく？」

「……俺がそんなこと、頼むわけないだろ」

やはり『冗談』ではなかったじゃないか、と睨んだが、春香には俺の睨みなどまったく響いていないらしく、

「信じられないわ」

と肩を竦めた。

「現に護ってくれていたじゃないか。君人君を西宮家に連れていく日、狩野として一緒に来てくれただろう？」

「そりゃそうだけど……」

春香にも紹介したじゃないか、と言うまでもなくそのときのことを彼は思い出してくれたようだが、それでもまだ納得はしていないようだった。

「君人君から聞いてない？　盗聴器を見つけてくれたのも彼だったんだよ」

「あら、君人はトラちゃんが珍しく冴《さ》えてたって言ってたけど、殺し屋の手柄だったのね」

なんだ、と春香ががっかりした声を出す。

「『殺し屋』じゃなくて『華門』だよ」

せめて名前で呼んでほしい、と俺はそう告げると、何か言い返そうとしてきた春香より先にまくし立てた。

「君人君のときだけじゃない。麻生さんが殺されそうになったときも華門は助けてくれたし、それに、鹿園のお兄さんが狙われたときにも助けてくれた」

「……本当に？」

春香は尚も懐疑的な視線を向けてきたが、俺が、

「現にみんな、生きてるだろ？」

無事に、と言い切ると、渋々頷いてみせた。

「……確かに、恭一郎《きょういちろう》も、それにロシアンのお兄さんも危機的状況には陥ったけど、結局は無事だったわね」

「だろう？　君人君も麻生さんも、鹿園のお兄さんも、華門が助けてくれたんだよ」

「どうして？　殺し屋が人を助けるの？」

「俺が頼んだからだよ！」

それでもまだ信じられないと言いたげな春香の問いに俺は思わず大声でそう答えてしまった。

「…………」

あまりに声が大きくなったせいか、春香は虚を衝《つ》かれたような顔になり一瞬黙り込んだ。

「……へえ……」

だがすぐ彼は、にや、と笑うと、俺の顔を覗き込むようにして揶揄《やゆ》してきた。

「『恋人の俺が頼んだから』言うことを聞いてくれたって、そう言いたいわけ」

「……いや、そうじゃなく」

指摘されてようやく俺は、自分がいかにも自信満々な宣言をしたことに気づかされ、赤面してしまった。

「恋してるのはトラちゃんだけじゃなく、向こうもってことね」

俺が紅《あか》くなったのを見て、春香はますますからかってくる。

「それはわからないよ」

「あら、だってトラちゃんが『頼んだから』、その殺し屋は殺しの依頼を断ってもくれたし、トラちゃんに手を貸してくれたって言ってたわよね」

意地悪そうにそう告げる春香の口調や表情から、彼が俺の言葉を半分以上信じていないことが見てとれた。

「違うよ。君人君の殺害依頼を断ったのは俺が頼む前だった。嘘は言ってない。華門は確かに殺し屋だけど、根っからの悪人ってわけじゃないと、俺はそう思ってるんだ」

「…………」

春香がまた、一瞬何かを言いかけたが、すぐ口を閉ざすと、無言で肩を竦めてみせた。

「……確かに『殺し屋』が根っからの悪人じゃないと信じろというほうが無理だとは思うけど……」

春香の顔に出ていた考えを告げてやる。

「無理よ」

春香はきっぱりとそう言い切ったあと、やはりそうか、と溜め息を漏らした俺を見据え、口を開いた。

「私は別に、トラちゃんの話が嘘だと疑ってるわけじゃないのよ。あんたが器用に嘘つける性格じゃないってよくわかっているし。その殺し屋があんたの頼みを聞いて、君人や恭一郎を助けてくれたというのはあんたにとっちゃ『本当』なんでしょう。でも誰の目から見てもそれが『事実』なのかはわからないんじゃないのと、そう言いたいのよ。現に西宮家の人間は全員亡くなっているわけだし」

「華門じゃないよ。彼は殺し屋だ。依頼されないかぎり、人殺しなんてしない」

「だから、なんで彼が誰にも依頼されなかったって思うのよ」

ぴしゃり、と言い捨てられ、根拠を述べようにも説明できるようなものは何もない、と気づいた俺はそのまま黙り込んでしまった。

「……あたしはね、トラちゃん、あんたがその殺し屋に騙《だま》されているんじゃないかって、そう言ってるの。利用されてるんじゃないかってね」

「……俺なんて、利用価値、ないだろ」

依頼をすぐにキャンセルされてしまうしがない探偵にどんな利用価値があるというのか。我ながら情けない返しだと思いつつそう告げた俺の言葉に被《かぶ》せ、春香がまたぴしゃりと言い捨てる。

「それなら弄《もてあそ》ばれてるんじゃないの？　どうせあんたたち、寝てるんでしょ？」

「……っ」

勿論《もちろん》寝ている。がそれを認めるのは抵抗があり、息を呑《の》んだ俺を見て、春香は、ほらごらんなさい、という顔になった。

「殺し屋にとっては単なる暇つぶしなんじゃないの？　あんたを好きなように抱いて、あんたの頼みを聞いてるフリして、実は依頼された殺しをこなしてるってだけなんじゃないの？」

「それは違うよ」

「どう違うのよ。言ってごらんなさい？　あんたがわかるのはあんたの目を通した事実だけでしょ？　現実見なさいよ。君人は確かに生きているわ。でもアタシは撃たれたし、死人が四人も五人も出たのよ？　そしてその場には殺し屋がいた。どう考えても殺したのは……」

「だから華門じゃないんだって！」

　堪らず叫んだ俺を春香が同情のこもる目で見返してくる。

「そう思いたいだけでしょう？」

「事実だよ。捜査が進めばわかるはずだ。春香さんが撃たれたのは本当に気の毒だったと思うけど、撃ったのは華門じゃない。どうして信じてくれないんだよ」

「だからどうしてあんたは信じられるのよ、殺し屋を」

　春香の言葉に俺は思わず、『愛してるから』と答えそうになり、それはなんの根拠にもならないと気づいて口を閉ざした。

　根拠にならない上に、恥ずかしすぎる言葉は、だが、言わずとも春香には通じてしまったようだった。

「だから『恋は盲目ね』と言ったのよ」

　やれやれ、と春香が溜め息を漏らす。彼の顔色がいつの間にか酷《ひど》く悪くなっていることに俺は気づいた。

　口論が激しくなったためだろう。自分を理解されないことより、何を以《もっ》てしても『殺し屋』

としか華門をとらえようとしない彼に対する苛立《いらだ》ちは募っていたが、今はそれどころじゃない、と俺は春香の顔を覗き込んだ。

「春香さん、やっぱり無理してるんだろ？　寝てなよ。鹿園がベッドを提供してくれたから」

「大丈夫よ」

腕を引き、立ち上がらせようとするも、春香は首を横に振りソファに座り続けた。

「寝てなよ」

「大丈夫」

頑《かたく》なにその場に居続けようとする理由に思い当たり、確認を取る。

「俺を見張るため？　春香さんが寝たら俺が姿を消すとでも思ってるんだ？」

「……そういうわけじゃないわよ」

否定する声に力がない。やはりそうなのか、と俺は溜め息を漏らすと、再び春香の腕を摑み立ち上がらせようとした。

「鹿園から何を言われているのか想像はつく。俺から目を離すなとか、そんなことだろ？　でも俺を信じてくれよ。さんざん世話になった春香さんを俺が裏切るわけないだろう？　心配なら、手錠ででもなんででも、繋いでくれていていいから。今は横になって休んでよ」

訴える俺を春香はじっと見上げてきた。

「なんだよ」

無言になってしまった彼の目がみるみるうちに潤んでくるのがわかり、ぎょっとして問いかけると、春香は、その場で両手に顔を伏せてしまった。

「……なんだってこんないい子が……殺し屋なんかに……」

ううう、と声を押し殺し、すすり泣く春香の声が室内に響く。

「……春香さん……」

本人に言えば『あんたなんか生んだ覚えはない』と罵《のの》しられそうだが、まるで母親に泣かれている気分だ、と俺は春香のスキンヘッドと小刻みに震える逞《たくま》しい肩を見下ろし、思わず溜め息を漏らした。

それだけ俺を気にかけてくれているということなんだろう。その俺が殺し屋にかかわっただけじゃなく、身体の関係も持った上で利用されている。情けないやら心配が募るやらで、それで彼は泣いているに違いない。

春香はそれほど凝り固まった思考の持ち主ではない。どちらかというと柔軟なほうじゃないかと思うのだが、その彼であっても『殺し屋』は『殺し屋』であり、『善人』どころか普通の人間としても認識されないとなると、他の誰が俺の想いを理解してくれるだろう。

おそらくは誰にも理解してはもらえない。皆が皆、俺に説得を試みようとする、そんな未来が見える。

殺し屋の行方を明かし、彼とは一刻も早く、縁を切るべきだと――。

今まで華門が皆を助けてきた、その事実を受け入れてくれることなく、ただただ華門を悪人と見なし、俺から引き離そうとする。

華門との関係が始まった当初から、その予感はあった。二人の関係を誰にも明かすことをしなかったのは、そのためでもあったのだが、心のどこかで俺は、時間はかかるかもしれないが、いつか華門を皆に紹介し、受け入れてもらいたいと願っていたし、実現もきっと可能だろうと信じてもいた。

だが現実は、想像以上に厳しかった。いつものようにぎゃんぎゃんと喧《やかま》しく泣き喚《わめ》くのではなく、声を殺し、しくしくと泣き続ける春香の涙に胸が締め付けられる思いがする。

ごめん――。

謝罪すべきだとは思ったが、謝れば春香の言葉を一〇〇%受け入れたことになりそうな気がして、どうしても声に出すことはできなかった。

「……横になってよ」

それで俺は春香の上腕のあたりを摑み、無理やり立ち上がらせると、両手に顔を伏せたまま泣いている彼を鹿園の寝室へと導き、綺麗《きれい》に整えられたベッドの上に横たえ、上掛けをかけてやった。

「俺もここにいるから」

ベッドサイドの椅子に座り、上掛けを被って泣いている春香にそう声をかける。

「喉渇《のど》かない？　水とか、持ってこようか？」

泣き声が落ち着いた頃を見計らい、問いかける。返事がないので立ち上がり、向こうを向いていた春香の顔を上からそっと見下ろすと、彼は眉間に縦皺を刻んだまま眠りについていた。

頬《ほお》にはまだ、涙のあとが残っている。

「……ごめん、春香さん。心配をかけて……」

先ほどはどうしても言うことができなかった謝罪の言葉が、ぽろりと俺の唇から零れ落ちた。

「…………」

春香は起きていたのか、それとも偶然か、直後に彼の目尻を一筋の涙が流れ落ちていくのを眺める俺の胸が、彼に対する申し訳なさからずきりと痛む。

いつか——いつの日にか、春香も理解してほしい。華門は『殺し屋』ではあるが、同時に我々の命を救ってくれてもいたのだということを。

そして『殺し屋』ではなく『華門』と名前を呼んでほしい。祈りながら見つめる先、春香の目尻からもう一筋、涙が零れ落ちていき、己の抱く希望がかなう可能性がいかに低いものであるかを俺に思い知らせてくれたのだった。

3

昼前に一度、鹿園が様子を見にやってきた。

「春香さん、もしかしてまだ入院中だったところを無理させたんじゃないのか？」

リビングで彼を問い詰めると、そんなことはないと否定はしたが、

「無理はしていたかも」

と心配そうな表情となり、すぐにタクシーを手配してくれた。

「俺は別に逃げないから」

春香の代わりが来るまで自分が留まると告げた鹿園にいくらそう言っても、彼は決して俺を一人にしようとしなかった。

タクシーが到着すると鹿園と俺は春香を起こし、上まで迎えに来てもらった運転手に彼を引き渡した。

「役立たずでごめんなさいね、ロシアン」

申し訳なさそうに詫びる春香に鹿園は、

「こちらこそ申し訳ありません」

と詫びはしたが、彼を車まで送ろうとはしなかった。

「昼食はどうする？」

二人になると鹿園はまた、食事の話を持ち出した。食欲がないから別にいいと断ったというのに、

「それなら雑炊でも作ろうか」

と尚も俺に何かを振る舞おうとする。

鹿園の心理はわかるようでわからなかった。真実を——華門と俺との関係や、華門の行方を追及せねばならない立場ではあるが、自分の耳では聞きたくない。聞けば俺が今まで自分との友情を裏切っていたことがわかるから。といったところか。

俺もまた彼との友情を裏切っていたことを知られたくないと口を閉ざしていたことを思うと、さすが『親友』同士、同じ思考回路かとある意味感心してしまうのだが、こうなったらもう、感心しているだけではすまないだろう。

「なあ、鹿園」

春香には受け入れられなかった。鹿園は更に受け入れはしないだろう。だが、話さないわけにはいかない、と俺が再度彼に真実を明かそうとしたそのとき、タイミング悪くというかよくというか、インターホンの音が室内に響いた。

「ああ、来たな」

鹿園がどこか安堵《あんど》した顔になり立ち上がる。

「誰？」

半分くらい予測がついていたものの、一応問いかけながら俺は、鹿園のあとに続き彼が覗き込むインターホンの画面を見やった。

『来たわよ』

画面の向こうにいたのは、サングラスをかけライダーズジャケットを身にまとっている麻生恭一郎だった。筋金入りのオネエ、そしてゲイ、しかもショタという性的指向がわかっていて尚、男くさいその容貌や姿には見惚れずにはいられない彼は有能すぎるほど有能なフリーのルポライターであり、春香とは『カマカマネット』で繋がっている親友である。

「麻生さん、お忙しいところ申し訳ありません」

そう言いながら鹿園がオートロックを解除する。

『ほんとよ』

カメラに向かって麻生は言い捨てると、既に開いていた自動ドアへと向かっていった。

「……麻生さんが今度は俺の見張り役ってことか？」

鹿園の背に問いかけた言葉は、答えを得ることなくそのまま宙に浮いていた。

「麻生さんも食事がまだなら、何か出前をとるといい。俺はそろそろ戻らないといけないし」

「鹿園、今、捜査はどうなってるんだ？」

振り返り、微笑んだ彼の顔を覗き込みながら問いかける。鹿園は俺と目を合わせようとはせず、

「ああ、そうだ」

と何か思いついた様子となりキッチンへと消えていった。

「…………」

昨日以上に俺との対話を避けているのがわかる。その理由は間もなく玄関に到着した麻生からのちほど俺は知らされることとなった。

インターホンが鳴ると、鹿園は、どうやら何も用事がなかったらしいキッチンを飛び出してきて玄関へと向かった。

「ハロー、ダーリン」

扉を開けたと同時に両手を広げて待っていた麻生が、鹿園をその場で抱き締める。

彼の後ろにいた俺は、麻生の腕の中で鹿園が少しも身動きをとらないことに気づき、どうしたことかと密《ひそ》かに首を傾げた。

鹿園は自分からは過分なほどのスキンシップをとってくるが、人からのスキンシップは苦手としているように見えていたからだ。

こと、麻生に関しては貞操の危機を覚えるせいか常に身構えている。なのに今日はどうした、と感じたのは俺だけではないらしく、麻生もまた驚いたように己の腕の中にいる鹿園の

顔を覗き込んだ。

「どうしたの？　マイダーリン」

敢えて言うことではないが、ショタコンの麻生が惚れたのは、写真で見た子供時代の鹿園のはずだったのだが、その半ズボン姿があまりに理想的だったため、成長したあとの彼にも惚れているのだという。

心配そうに顔を覗き込まれ、鹿園は我に返ったらしい。

「すみません、それではよろしくお願いします」

あっという間に麻生の腕から逃れると、そそくさと玄関を出ていってしまった。

「なにあれ」

麻生がその様子を振り返って見つつ、俺に問いかけてくる。

「……さあ……？」

だが俺が首を傾げ答えると、途端に彼は俺へと顔を向けきつい目で睨み付けてきた。

「トラちゃん、あんた本当に何考えてるのよ」

「…………申し訳ない」

麻生にもきっと、迷惑をかけたに違いない。何より彼にもずっと隠してきたことは詫びねば、と俺は深く頭を下げた。

「謝るくらいなら最初からよく考えろっていうのよ」

麻生はぷりぷり怒りながら靴を脱ぎ、勝手知ったる、とばかりにリビングへと向かっていく。

「あら」

彼のあとに続いた俺は、不意に麻生が足を止めたため、広いその背にぶつかりそうになった。

「え？」

慌てて足を止め、どうしたのだ、ときょろきょろと辺りを見回し始めた麻生を見やる。

「……マイダーリンったら」

と、麻生は、やれやれ、というように溜め息を漏らしたかと思うと、不意に俺を振り返り、ぎょっとして身体を引こうとした、その肩を摑んで引き寄せると耳許でこう囁いた。

「盗聴器が仕掛けられてるわよ」

「えっ」

大声を上げかけた俺の頭を、麻生がまるで漫才の突っ込みのように、パコーンと殴る。

「馬鹿。自業自得でしょ。気づかないフリ、してやんなさい」

なら教えるな、と言いたい気持ちをぐっと堪えたのは、鹿園の態度がおかしかったのは俺と春香の会話を盗聴していたからかとわかったためだった。

「……はい」

頷いた俺の頭を、なぜかもう一度麻生はパコーンと殴ったあと、さっと身体を離し、じろ、と睨む。

「コーヒー淹《い》れて」

「かしこまりました」

麻生が普段、どれだけ多忙であるか知っているだけに俺は、いくら『マイダーリン』に頼まれたからとはいえ、俺を見張るためにやって来た彼の言うことはなんでも聞かねばという義務感のもと、コーヒーを淹れにキッチンへと向かった。

「……で？」

向かい合わせに座り、コーヒーを飲みながら、麻生が俺を見る。

「…………」

何が『で？』なのか、と俺もまた麻生を見返す。と、麻生はまた、やれやれ、と大仰に溜め息を漏らし、コーヒーカップをソーサーに下ろした。

「だから、なんだってあんた、殺し屋なんかとかかわり持っちゃったのよ」

「……最初はターゲットになったからで……」

華門との出会いから説明しようとしていたところを、

「そんなことはもう、わかってんのよ」

と麻生にばっさり切り捨てられた上で新たな問いを発せられた。

「あたしが知りたいのは経緯じゃなくて理由。かかわりはどうあれ、関係が継続してたのはどうしてなの？　向こうからのアプローチだけじゃないわよね？　トラちゃんからもかかわりを持とうとした、その結果よね？」

「……どちらかというと、俺からのアプローチオンリーかも」

春香に話したことで、俺の中では随分と思い切りがついていた。春香には最後までわかってもらえなかったが、麻生はもしかしたら華門が根っからの悪人ではないとわかってくれるのでは。期待を込め、俺は自分と華門との関係を積極的に麻生に語り始めた。

「華門は……俺にはそう名乗っているんだけど、彼が殺し屋であることは事実だけれども、今まで何度も彼には助けてもらってるんだ。麻生さんだって助けてもらってるんだよ。覚えているだろ？　あの、実家に脅迫状が届いたときの偽探偵。神野《じんの》って名乗ってた。あれが華門だったんだよ。華門は麻生さんの命を狙った犯人も突き止めてくれた。写真が空から降ってきたじゃないか。あれは華門がやったことなんだ」

『命を狙った相手』が実の弟だったという切なすぎる事実を思い出させるのは気の毒だとは思ったが、それでも、と話を続けようとした俺の言葉を麻生はまたもばっさりぶった切ってくれた。

「だから感謝しろっていうの？　殺し屋に」

「……そんなことは言ってないよ。ただ俺は、華門が冷血な人殺しじゃないということをわかってもらいたかっただけで……」

「冷血だろうが冷血じゃなかろうが、人殺しは人殺しよ。違う？」

麻生が敢えて作ったと思《おぼ》しき冷静な口調でそう言い、俺をじっと見つめてくる。

「……でも彼は、変わろうとしている」

「だとしても過去の罪は消えないでしょう？」

麻生が俺の心を折ろうとしていることはわかっていた。俺が華門を庇うようなことを言えば言った分だけ、彼はそれを容赦なくぶった切ってくるに違いない。

言葉では勝てる気がしない。でも、言わなければ何も伝わらない。その思いから俺は、徒労となることを半ば覚悟しつつ、麻生に訴え続けた。

「それは華門本人も言っている。俺が真っ当に生きてほしいと頼むたびに、過去の罪は消えない、自分の手は血に染まっていると彼は言い続けている。でも確実に華門は変わってきているんだ。麻生さんのことも助けようとしてくれたし、君人君の命を救おうともしてくれた。それを麻生さんにも――皆にも、わかってほしいんだ」

「……恋は盲目ねえ」

麻生が呆《あき》れた口調になり、俺の目の前でわざとらしいほど大きな溜め息をつく。

「あんた、J・Kが今までどんな人生歩んできたかなんて、知らないんでしょう？」

「…………」

麻生が俺を見る目の中に、なんともいえない影が差す。それが『同情』だとわかった瞬間、俺は思わず叫んでいた。

「知ってる！　傷だらけの身体も見たよ！」

「知らないはずよ」

だが麻生はにべもなくそう言い捨てると、目を伏せ淡々とした口調で話し出した。

「彼は殺人マシンよ。覚えてるでしょ？　あの女装のチャイナマフィア。林輝《リン・フェイ》の父親が孤児だった彼を手元に置き、殺人マシンに作り上げたの。今までに千人以上、殺しているんだもの、そりゃ身体も傷だらけになるはずよ」

「千……人……」

そこまでの数とは予想していなかった。愕然《がくぜん》としたあまりつい呟いてしまった俺の目を、麻生が覗き込むようにして言葉を続ける。

「……そんな男が、今更変わると思う？　トラちゃんを殺さなかったのはおそらく、利用価値があるからだと思うわ。あんたは騙されてるのよ。相手は百戦錬磨の殺し屋よ？　色恋では御しきれない相手だわ」

「……俺に利用価値なんてないよ」

同じような会話を春香ともした。そう思いながらも、やはり同じ言葉を返した俺に対する麻生の発言は、春香よりも厳しいものだった。

「トラちゃんにはなくても、あなたの周りの人間にはあるんじゃない？　マイダーリンもマイダーリンの兄も、警察ではかなり顔が利く立場だわ」

「……華門にそんなつもりはないと思う」

反論にもなっていないと自覚せざるを得ない言葉を無視するのが、麻生なりの俺への思いやりのようだった。

「トラちゃんは利用されているのよ。あなたの昔の心の傷をいいように利用したのよ、あいつは。トラちゃんには決して気づかれないように」

「それは違う。俺は……俺は彼によって救われたんだ」

麻生の言葉は説得力がありすぎて、何もかもが彼の言うとおりだと思えてきてしまう。だが違うのだ。華門は俺を利用などしていない。俺をトラウマから脱却させてくれたし、何より俺とかかわるときには、俺にとってよかれということしか行動を起こしていない。

利用しているのは向こうではなく、どちらかというと俺のほうだ。それをわかってほしくて俺は、身を乗り出し、麻生に訴えかけた。

「警察を辞めるきっかけとなったあの、銀行での事件を解決してくれたのも華門だった。あのときに受けた身体と心の傷から俺を立ち直らせてくれたのも華門だったし、俺が助けを求めたときには必ず彼は手を貸してくれた。確実に華門は変わってきている。彼はもう、意味もなく人を殺すことはしない。だからといって過去の罪が消えるとは俺も思っていない。でも殺人マシンとして育てられたのなら、彼には人殺しをする道しかなかったわけだし、そこは同情に値すると、俺は思う。勿論、だからといって許してほしいと言っているわけじゃない。罪は罪だ。それでも……」

「トラちゃん、冷静になりなさい。J・Kがあんたとかかわりあったのは一年前よね？」

「……そう……だけど……？」

何を言う気か、と眉を顰めた俺に麻生は、敢えて作ったと思しき勝ち誇ったような口調でこう、宣言してみせた。

「この一年の間に、世界各国でJ・Kの手によるものと思われる殺人が何件あったと思う？五十六件よ。ターゲットはすべて、林の父親にとって都合の悪い相手。おかげで林の父親の組織の香港黒社会での勢力は増大しているわ」

「うそ……だろ？」

思わずそう突っ込みはしたが、麻生が嘘を言うわけがないことは俺にもよくわかっていた。

「……ごめん。麻生さんの調べたことは全部、本当だとわかってる。でも……信じたくないんだ」

頭を下げた俺の肩に、麻生の手が乗せられる。

「それを『恋は盲目』って言うのよ」

顔を上げた俺の視界に飛び込んできたのは、麻生の笑顔だった。

「トラちゃん、あんた、恋したこと、今までどのくらいあるの？」

「……人並みにあるつもりだったけど……」

敢えて話題を逸らしてくれたことがわかった、ということもある。それ以前に俺は、麻生とは腹を割って話したいと思っていたし、何より華門とのことをすべて、聞いてもらいたかった。なので羞恥《しゅうち》を覚えながらも、彼に対する思いをできるかぎり飾らない言葉で、語ることにしたのだった。

「華門と出会ってから、今までの『恋愛』がなんていうか……『偽物』とまでは言わないものの、決して本物ではなかったな、と思い知らされた。そのくらい、俺にとって華門は特別な存在なんだ」

「それはなに？　セックスがいいとか、そういうこと？」

遠慮なく突っ込んでくる麻生に対し、

「それもあるけれど」

と答えてしまってから、この会話はすべて鹿園に盗聴されていることをようやく思い出した。

「テクニシャンなのね、J・Kは」

麻生が納得顔で頷く。

「否定はしない……けど、セックスがよかったからとか、そういう話ではないんだ。気持ちの問題なんだ」

「でも寝てるんでしょう？」

麻生が意地悪く突っ込んでくる。

「寝ている」

きっぱり頷いた俺を見て、麻生が眉を顰めた。

「いいの？　それを聞いたら傷つく人がいるわよ。あんたの周りには大勢」

『大勢』とぼかしてはいたが、麻生が言いたいのは、鹿園に対しても胸を張っていられるのか、ということだと俺にはよくわかった。

「もともと隠す気はなかった……いや、さすがにそれは嘘になるな。刑事のときに人前で男に犯されたことは酷いトラウマになっていた。その俺が男に抱かれることを拒絶できないというか、それ以上に抱かれることに喜びを感じてると、それを認めるには本当に抵抗があった。でも、実際、今は華門に抱かれることに対してはなんの躊躇いも覚えないんだ。好きな相手に抱かれるのは俺にとっては喜びでしかない。前はね、それらしい行為を強いられたときに、過呼吸になったりしていた。多分今も、意に染まない相手に組み敷かれたらそうなるかもしれない。でも、華門は大丈夫なんだ。理由は勿論、俺が彼を好きだから。誰に何を言われようが、その気持ちは変えようがない」

きっぱりと言い切った俺を見る麻生の目は冷たかった。

「トラちゃん、あんたは世間を知らなすぎるのよ。少しは凌駕を見習ったらいいかもしれないわね」

溜め息交じりにそう言い、麻生が俺から目を逸らせる。

「麻生さん、確かに俺は世間知らずかもしれない。でも、本物を見る目はあるとは思っている。華門が今まで、人助けをしてくれていたことは間違いなく『本物』だ。真実だ。そのことは彼とたとえ寝ていなくても、声高に主張できるし、したいと思う」

「だからそういうところが世間知らずっていうのよ」

にべもなく言い捨てられたが、負けてはいられなかった。

「少なくとも華門は、麻生さんのことも、それに君人君のことも護ってくれた。華門の協力がなかったら、きっと誰かの身に危害が加えられたに違いないんだ。別に彼に感謝してほしいと思ってるわけじゃなく、事実として受け入れてほしい。彼はもう、ただの殺し屋じゃないってことを、わかってほしいんだ」

「殺し屋よ。あんたと出会ってからも五十六人もの人間を殺しているのよ」

淡々と言い放つ麻生の顔は、傷ついているかのように見えた。

「……それは……本当に間違いないの？」

問うたときには俺は、麻生が『当たり前じゃないの』と怒りだすことを予想していた。

「…………気持ちは、わかるけどね……」

なので麻生が力なくそう言ったあと、立ち上がり、センターテーブルを回り込んでソファの俺の隣に腰を下ろし肩を抱いてきたときには、戸惑いからつい、彼の顔を見上げてしまった。

「現実を見なさい。トラちゃん。あんたが恋した相手は、千人以上の命を奪っている、殺し屋なのよ」

「……ねえ、どうして麻生さんも……それに春香さんも、『殺し屋』っていうんだよ」

八つ当たりだという自覚は、これでもかというくらいにあった。

「トラちゃん……」

麻生にはそれがわかっているらしく、困り切った顔で俺を見返している。

「……『殺し屋』でもないし『J・K』でもない。俺やみんなを救ってくれたのは華門だ。華門饒という男なんだ。俺が恋してやまない、華門なんだよ。ねえ、麻生さん、それだけはわかってよ」

「……トラちゃん、アタシにはわからないし、春香もわからないと思う。殺し屋はね、殺し屋なの。あんたがそれを理解するしかないの」

言いながら俺の肩を抱いてきた、麻生のその手はとても優しかった。

「わかってる……わかっているけど……」

愛しているんだ。そう言うより前に、麻生が言葉を発する。

「アタシも春香も、それに勿論マイダーリンも、何より凌駕も、あんたのことが心配なの。何があろうとあんたを護りたいのよ。それだけはわかって。何もアタシたちは頭ごなしにあんたを否定しているわけじゃないのよ」

「…………」

麻生の言葉には一つとして嘘は感じられなかった。

それだけに俺は、彼の言葉に反発を覚えずにはいられなかった。

麻生は——春香もだが、華門を悪人としてしかとらえてくれていない。彼らの目からすると、俺は華門に騙されている愚かな男なのだろうが、現実問題として、華門が俺の周りの人の命を救ってくれたのもまた事実なのだ。

「……心配してもらっているのはありがたいとは思う。でも、俺にとって華門は、やっぱり大事な人なんだ。だから……」

「……何を言っても無駄、そう言いたいのね」

麻生が、心底呆れた顔になり、やれやれ、と聞こえよがしな溜め息をついてみせる。

「あんたの目が覚めるまでには、どれだけの時間が必要かしらね」

「…………」

一生かかっても無理だ、と心の中で呟いた俺の声が聞こえたかのように、麻生がまた、わざと大仰に溜め息を漏らす。

「J・Kが逮捕されて、彼の罪が全てあばかれて、そしてあんたに近づいた本当の理由を彼自身の口から聞かない限り、あんたの目は覚めない。よぉくわかったわ。ほんとに恋は盲目。あんた、凌駕よりタチ悪いわよ。本当にもう……っ」

敢えてなんだろう、口汚く俺を罵る麻生は心の底から悔しげな顔をしていた。憎まれ口を叩くのもすべて、俺を思いやってのことだとわかるために腹立たしさは覚えない。だが、悲しくはなった。

世間一般の人間からしたら、確かに『殺し屋』はおそろしい存在だろうし、かかわりたくない犯罪者としか見られないと思う。

俺にとって春香も麻生も、『世間一般』よりは随分とキャパの広い人間だという理解だったのに、そんな彼らであっても華門は受け入れがたい存在であると思い知らされたことに、俺はただただ、落ち込んでいた。

「臆面《おくめん》もなく、セックスがいいだの男に抱かれて感じるだの言っちゃってさ。あんた、そんなに恥じらいのない子だったの？　あんたとセックスの話なんてしたことなかったけど、もうちょっと慎み深い子だと思ってたわよ。あんた、あたしがさっき教えたこと、忘れてんじゃないの？」

「……あ……」

ネチネチと続く嫌みは聞き流せたが、最後の台詞《せりふ》はぐさりと胸に来た。

そうだ。このリビングでの会話はすべて、『盗聴』されているのだ。鹿園によって。

鹿園はもう、俺と目を合わせて話してはくれないかもしれない。不自然に目を逸らせ、そそくさと部屋を出ていった彼の姿が脳裏に浮かぶ。

彼には聞かせたくない言葉だった。が、同時に彼にだけは嘘をつきたくなかった。

「……いいんだ。本当のことだし」

きっぱりと言い切った俺の前で、麻生がまた、あからさまな溜め息をついてみせる。

「本当だからって、なんでもかんでも喋っていいってもんじゃないの。隠しておいたほうが相手のためになることだってある。そのくらい、トラちゃんだって大人なんだからわかるでしょ」

「……でも俺なら、隠されたくはないよ」

それに『親友』との間に隠し事はしたくない。だからこそ、敢えて声のトーンを上げ、俺は、それこそ『慎みのない』言葉をまた繰り返した。

「華門が好きだ。彼に抱かれて喜びを感じている。それは俺にとっては『本当のこと』なんだ」

「……呆れたわ」

麻生がぼそりと呟いたあと、ふいと俺から目を逸らせる。

「馬鹿につける薬はないのね」

「うん」

つかれた悪態に素直に頷く。と、麻生はちらと俺を見たものの、またすっと目を逸らせ、はあ、と深い溜め息を漏らしただけで、その後は黙り込んでしまった。

居心地の悪い沈黙が室内に流れる。

彼を説得したい。が、麻生の全身から立ち上る拒絶感が俺から言葉を奪っていた。

本当のことだからといってもなんでもかんでも喋っていいものではない――先ほどの麻生の言葉がいかに事実を物語っていたか、実感させられる。

さすが年の功だ――普段ならそのくらいの軽口を叩ける相手だが、今日はとても無理だった。

「……本当に、馬鹿」

麻生がまた、ぼそりと呟く。独り言のように呟かれたその言葉に、今度、俺は何も言い返すことができなかった。

麻生と結べていたはずの信頼の絆《きずな》が今、解かれようとしている。解いているのは紛れもなく自分の手だとわかるだけに、ますます何をも言うことができなくなった。

信頼している相手には隠し事をしたくない。その思いに嘘はないとはいえ、そのとき俺の胸には、認めたくないながらも言わなければよかったという後悔の念が確かに渦巻いていたのだった。

4

麻生との間でその後、殆《ほとん》ど会話は弾まず、黙り込んだ状態で時間は流れた。麻生は途中、何カ所かに連絡を入れたり、手帳に文章を書いたりしていたが、基本、リビングから外に出ることはせず、まさに俺の見張りという役割を果たしていた。

午後七時、玄関のドアが開く音がした。

「マイダーリンかしら」

麻生がほっとした声を上げ立ち上がる。俺もまた、鹿園の帰宅を予想したのだが、リビングに姿を現したのは彼ではなかった。

「……なんだ」

麻生があからさまなほどがっかりした顔になり、ドスンとソファに座り込む。

「『なんだ』ってなんだよう」

ドアのところで口を尖《とが》らせているのは俺の兄、凌駕だった。

「ロシアンに、恭一郎は多忙だろうし、そろそろ交代してやってくれって頼まれたから来たのにさあ」

「あら、マイダーリン、あたしのこと、気にかけてくれたのね」

嬉しそうに言う麻生に、兄がいつものごとく、思いやりの欠片もない台詞を口にする。

「気にかけてるのかなー。家に居座られたくないんじゃないのー？」

「……あんた、本当に性格悪いわね」

じろ、と麻生が兄を睨む。

「だってそう思ったんだもん」

兄もまた口を尖らせたが、『いつもどおり』のやりとりではあるものの、なぜか今日はどちらも敢えて『いつもどおり』を演じているかのような感じがした。

「腹立つから帰るわ」

麻生がぷんすかしながら立ち上がる。

「……麻生さん、忙しいのに悪かった」

俺が頭を下げると麻生は、何か言い返そうとする素振りをみせたが、結局は肩を竦めるというジェスチャーをしただけで何も声をかけてはくれなかった。

「帰るの？　ご飯、食べていかない？」

兄が部屋を出ていこうとする麻生の背を追う。俺もなんとなく兄のあとに続き、麻生を玄関まで見送った。

「ご飯ってどうせ、あたしに作らせようっていう魂胆でしょ」

「バレたか」

「作らないわよ。出前でもとんなさい。じゃあね」

麻生は兄に言い捨てると、ちらと俺を見やったあと、ドアを出ていった。

「けちー」

閉まったドアに悪態をついた兄が、鍵をかけ俺を振り返る。

「兄さん」

そのままリビングに引き返そうとする兄の腕を俺は摑んだ。

「なに？」

兄が――凌駕が訝しげに眉を顰め、俺を見返す。

「話があるんだ」

「玄関でしなくてもいいでしょ」

座って話せば、と、俺の手を振り解こうとする凌駕の腕を摑み直し、強く引き寄せ耳許に囁く。

「リビングは盗聴器が仕掛けられているから」

「……ロシアンもよくやるよねえ」

どうやら兄も気づいていたらしい。やれやれ、というように肩を竦めてみせたあと、俺の手を振り払うと、腰に両手を当てつつ問い返してきた。

「ロシアンに聞かれたくない話をしたいって？」

「うん」

「殺し屋に恋してるって話？」

「『殺し屋』じゃなくて華門に恋しているって話」

「大牙のコイバナなんて、興味ないんだけど」

兄が心底嫌そうな顔になり、俺を睨む。

「大牙に限らず、人の恋愛には僕、まったく興味、持てないから」

そのまま踵《きびす》を返し、リビングに戻ろうとする兄の腕を再び俺は摑み、彼を引き留めようとした。

「興味を持ってほしいんじゃない。頼みを聞いてほしいんだ」

「頼みって何？　殺し屋に会いに行かせてほしいとか、そういうこと？」

さすが兄弟。言うより前に、兄は正解に辿《たど》り着いていた。

「……うん」

だが頷いた俺に兄が返してきた言葉は、

「駄目に決まってんでしょ」

という、実に冷たいものだった。

「前にも言ったけど、大牙、お前、自分の立場わかってんの？　本当だったら逮捕されていてもおかしくないんだよ？」

兄がまた腰に手を当て、俺を睨み付けてくる。

「ロシアンの温情でこうして自由にしていられるっていうのに、殺し屋に会いたいとか、頭、沸いてるんじゃないの？」

「無理を言っているのは勿論わかってる。でも、華門と話がしたいんだ」

「わかってるとか言って、全然わかってないじゃない。話をしたい？　殺し屋と？　何を話すんだよ。第一、話す手立てはあるの？　電話でもするの？　電話番号知ってるのなら、ロシアンに教えなよ。逮捕のきっかけになるかもしれないじゃん」

「逮捕はさせたくない……起訴されて死刑になるのは目に見えてるし」

「仕方ないでしょ？　それだけのことをしてきてるんだし」

「そうだけど！　でも！」

そんなに冷たいことを言わないでほしい。兄ならわかってくれるんじゃないかと思っていたのに。

俺は兄に縋《すが》り、必死で訴えかけた。

「でも、好きなんだ。華門のことが好きなんだ。どうしようもないんだ。兄さんも、そういう気持ちになることあるだろ？　好きになっちゃいけない相手でも好きになってしまうって」

「そりゃあるよ。でも、それって結婚してるとか、既に恋人がいるとか、そういうレベルだよ。相手が犯罪者だったら、さすがに僕でも好きにならないよ」

兄がきつい語調で言い返してくる。

「でも……」

「『でも』にない。ただの犯罪者じゃないんだよ。人殺しだよ。聞けば千人以上、殺してるっていうじゃない。そんな男を好きになっても仕方ないでしょう。もともと、好きになっちゃいけない人だよ。いや、好きになるわけがない相手だよ。人としての倫理観があれば好きになんてなるはずない。しかもお前は元警察官だろう？　どうして人殺しを好きになんてなるんだよ」

兄は本気で怒っていた。いつもへらへらしている彼が、ここまで怒りを露《あら》わにするのを見たのは初めてかもしれない。驚いたせいで俺は声を失い、ただ兄の顔を見つめてしまっていた。

「目を覚ませ、大牙。激しい恋は熱病と一緒だ。覚めたあとには何も残らない。残るとしたら後悔だけだ」

兄がきっぱりと言い切る。『あの』兄が言うだけに酷く説得力のある言葉ではあったが、俺の胸には響かなかった。

「……後悔はしない。するとしたら、このまま会えずに終わった場合にだ」

ようやく俺は自分を取り戻した。どれほど兄が怒ろうとも、華門を諦めることはできない。

恋に生きる兄に、どうかわかってほしい。その思いを俺は必死で訴えかけた。

「確かに華門は殺人者だけど、今まで俺たちのことを何度となく助けてくれてもいる」

「だとしても、殺人の罪は消えないよ」

兄はどこまでも否定的だった。

「わかってる。それでも……っ」

好きな気持ちは止められない。そう続けようとした俺の腕を振り払うと兄は、逆に俺の上腕を摑み、顔を覗き込んできた。

「第一、会ってどうする？　会っただけで満足するの？　まさかとは思うけど、この先の人生を彼と生きていこうとか、そんなことを考えているわけじゃないだろうね？」

「……それは……っ」

やはり兄は、俺の心を見透かしていた。図星を指され、声を失う俺を見つめる兄の目が更に厳しい光を宿す。

「それがどういうことだか、わかっているの？　大牙。犯罪者と生きる道を選ぶというのは、僕やロシアンや、それに春香や恭一郎とはきっぱり縁を切る、そういうことなんだよ？」

「………………」

それもまた、わかっていた――はずだった。が、改めて言葉にされると、自分がその覚悟を固められているとは、とても思えない状況であることがわかってしまった。

「お前は僕や皆を捨てても、殺し屋との未来を選ぶのか？　未来なんてないんだよ？　いつ逮捕され、死刑になるかわからないし、この先、何人人を殺すかわからない。そんな男との人生を本気で考えているというのか？」

今、兄の目には涙が光っていた。語尾を不必要に伸ばすいつもの喋り方ではない。真剣この上ない表情、口調で訴えかけてきている兄の言葉は、ぐさぐさと俺の胸に刺さった。

ごめん。兄さん。

兄の涙に罪悪感が煽《あお》られる。だが、やはり自分の気持ちを変えることは、どうしても俺にはできなかった。

「……勿論、縁は切りたくない。でも、華門に会いに行きたいんだ。彼と話がしたい。彼のほうから、俺なんかと一緒にいるつもりはないと断られるかもしれないけど、それでも彼と話したい。いや、違う。ただ彼と会いたいんだ。顔が見たい。無事であることを知りたい。だから、お願いだ、兄さん。少しの間だけ、俺を自由にしてもらえないか？」

「馬鹿なことを」

兄が吐き捨て、俺を睨む。

「もし、その殺し屋が『お前と共に生きる。一緒に逃げよう』と言ったらどうするんだ？　ここに戻ってくるのか？　来ないだろう？」

「それは……っ」

確かに、そう言われたとしたら俺は迷わず華門の手を取るだろう。逡巡《しゅんじゅん》すらしない己の心に愕然としていた俺の目の前で兄が、目を伏せ、首を横に振った。

「……許せるわけないだろう。実の弟を一生、失ってしまうかもしれないというのに」

「失わない……失わないから、頼む、兄さん」

失うのは俺のほうだとわかってはいた。兄は俺に最後のチャンスを与えてくれようとしているのだ。そのチャンスを生かさねば、兄のほうから縁を切られる。それは当然、理解していたが、それでも、と俺は兄に縋り、許しを請うた。

「好きなんだ。華門のことがどうしようもなく。彼が俺と生きる道を選んでくれるとは考えられないにしても、俺は彼と一緒の未来を歩みたいんだ。こんなにも人を好きになったことはないんだよ。頼む、兄さん。見逃してくれよ……っ」

伏せられてしまった兄の目を無理矢理覗き込み、視線を合わせようとする。兄は頑なに目線を上げようとしなかったが、俺が再度、

「お願いだよ、兄さん」

と頭を下げると、ようやく伏せていた目を上げ、俺を見た。

「後悔するぞ」

「……うん」

「どれほど大切なものを失ったか。あとからわかってももう、取り返しはつかないんだぞ」

「……うん、わかってる」

兄の言葉どおり、取り返しのつかないことをした後悔に身を焼く日々が未来に待ち受けていることはわかっていた。それでも俺は、華門に会いたいという己の願望を堪えることができなかった。

「……わかっては……いないよ。きっと」

ぽつん、と兄が呟く声が玄関に響く。

「……でも……そこまで言うってことはもう、止められないってことだよね」

「……兄さん」

兄が摑んでいた俺の上腕を離す。

「……好きにすれば？　もう、大牙なんて知らない」

兄の声には涙が滲んでいた。俺を押しやるようにしたあと、兄は一人、リビングへと駆け込んでいってしまった。

「……兄さん……」

気持ちとしては、兄のあとを追いたかった。兄との絆を捨てたとは思われたくなかった。俺はただ、華門が好きだという、それだけなのだ。華門を選ぶということが兄たちとの決別を意味すると言われたが、俺にとってはそうじゃなかった。

「ごめん、兄さん。ありがとう」

既にリビングのドアを開き、中に足を踏み入れていた兄の耳に届くかはわからなかったが、感謝の気持ちを伝える。聞こえたのか、それともやはり聞こえなかったのか、兄は振り返ることなくドアを閉めてしまった。

再度詫びてから俺は、靴を履き玄関のドアを開いた。幸い、ポケットに財布も携帯も入っている。

「ごめん」

向かおうとしている先は、築地にあるホテルだった。いつも華門との逢瀬《おうせ》に使っているホテルだが、そのことを知っている人間は誰もいないはずだった。

兄とは偶然そのホテルで顔を合わせたことがあるが、華門と会っていたことまではバレていないはずだ。ホテルにチェックインし、華門を呼び出そう。そう決めると俺は鹿園のマンションを飛び出し、運良くやってきた空車のタクシーに手を上げた。

背後を気にしたが、尾行はついていないようだ。それで俺はタクシーの中からこれからチェックインしたい旨、ホテルに予約の電話を入れた。

本名ではなく『田中《たなか》』と偽名を使った。部屋はスムーズに予約でき、やれやれ、と電話を切ったあと、念のためと背後を見やったが、追ってくる車はなかった。

待っていてくれ。華門。

ちょうど赤信号でタクシーが停まった、その時間さえ待ちきれない、とフロントガラスの向こう、信号をじりじりした思いで見つめる俺の脳裏に、愛しい男の顔が浮かんでくる。

華門が果たして俺の呼び出しに応えてくれるかはわからない。もしかしたら彼は既に日本にはいないかもしれない。国外に出れば日本の警察に逮捕されることはなくなるのだ。普通に考えればそうしている可能性が高いだろう。

だがなぜか、華門はまだ俺の近くにいるような気がする。希望的観測に過ぎないとは我ながら思うが、なぜだかそう感じられて仕方がないのだった。

待っていてくれ。華門。

再び同じ言葉を心の中で繰り返したそのとき、信号が青に変わり車が走り出した。早く会いたい。無事を知りたい。声が聞きたい。顔が見たい。逞しいその背を抱き締めたい。そして抱き締め返されたい。

募る気持ちが声となり、口から放たれそうになるのを唇を引き結び、堪える。

会えない、という可能性を一ミリも考えていないということに、俺はまったく気づいていなかった。なんの根拠もない自信が何によって裏付けされているのか、それを考えることすら忘れていた俺の頭の中にあったのは、ただひたすら、華門に会いたいというその願いだけだった。

それから間もなくタクシーはホテルに到着し、逸《はや》る気持ちを抑えて俺は運転手に金を払うとフロントへと向かった。

偽名を使うのを忘れそうになったが、直前で思い出し『田中』と名乗る。

住所は思いつかなかったので麻生のを使わせてもらった。焦る気持ちが先に立ち、ボールペンを持つ手が震える。

渡されたキーを手にエレベーターに乗り込み、指定された部屋のある最上階を目指す。そういえば最上階は初めてだな、と思いつつエレベーターの扉が開くと小走りになり、客室を目指した。

部屋に入ったと同時にポケットから取り出したスマホで華門の番号を呼び出し、かけてみる。

ワンコール。

いつもならこの瞬間、ドアが開き華門が現れる——はずだった。

ツーコール。スリーコール。

耳をつけたスマホからは、無情にコール音が鳴り響くのみで、扉が開く気配はない。

やはり華門は海外に飛んだあとだったか。普通に考えればそうだろう。諦め、電話を切ろうとしたそのとき、部屋のチャイムが鳴り響いた。

まさか。鼓動が高鳴る。しかし次の瞬間俺は、外にいるのは華門ではなく警察ではないかという可能性に思い当たり、ドアに駆け寄る足が止まった。

「はい？」

声をかけるとドアの向こうから、『ルームサービスです』という若い男の声がする。

「？」

ルームサービスなど頼んでいない。何せ今、チェックインしたばかりなのだから、と思いながら、のぞき穴に目を宛てた俺は、次の瞬間ドアを開いていた。

「やあ」

外に立っていたのは――華門だった。ホテルマンの姿など勿論してはおらず、いつもの黒一色のコートを身に纏《まと》っている彼の腕を取り、室内に引き入れる。

「どうして……っ」

ルームサービスなどとふざけたのだ、と抗議しようとした声は、あっという間に俺を抱き寄せ、唇を塞《ふさ》いできた華門によって喉の奥へと飲み込まれていった。

「ん……っ」

ああ。華門だ。夢にまで見た華門の腕が、今、俺を抱き締めている。

俺もまた抱き締め返したい、と彼の背に腕を回そうとしたが、一瞬早く抱き上げられ、ベッドに運ばれてしまった。

「華門……っ」

キスを続けながら華門が俺から手早く服を剝《は》ぎ取っていく。素肌と素肌を合わせたくて、俺もまた華門の服を脱がそうとしたのだが、華門は笑って既に全裸にされていた俺の手を摑み首を横に振ると、キスを中断し身体を起こした。

「華門……っ」

「焦るな」

くす、と華門に笑われ、羞恥から頰に血が上る。が、あっという間に服を脱ぎ捨てた華門の雄が彼の腹につきそうなくらいそそり立っているのを見たときには、思いは同じだったかと嬉しくなり、改めて両手を広げ名を呼んだ。

「華門っ！」

「焦るなと言っている」

またも、くす、と笑いながら、華門が俺へと覆い被さってくる。

「会いたかった」

「…………」

華門が何かを呟き、俺の首筋に顔を埋《うず》めてきた。

『俺もだ』

そう聞こえた気がしたが、幻聴だろうか。鼓動が高鳴り過ぎて耳鳴りのようになり、聴力が著しく落ちている今、聞き違いという可能性は高かったが、彼の行為の性急さが答えのような気もしていた。

「んん……っ」

首筋から胸へと下りていった華門の唇が俺の乳首を吸い上げる。もう片方を摘《つま》み上げられ強く抓《つね》られたとき、電流のような刺激が背筋を走り、堪らず喘《あえ》いでしまった。

「あぁっ」

我ながら切羽詰まったその声に羞恥を煽られたそのとき、華門が俺の乳首を痛みを覚えるくらいの強さで噛む。

「や……っ」

じん、とした痺《しび》れと共に快感の波が押し寄せてきて、己の雄がびくんと大きく震えたのがわかった。後ろはもう早くもひくついてどうしても腰が捩《よじ》れてしまう。

早く欲しい。早く一つになりたい。先ほど目にした華門の逞しい雄を欲するあまり、俺はあまりにあからさまな行動を取ってしまった。

両脚を華門の腰に回し、ぐっと引き寄せてしまったのだ。

やってしまってから俺は、さすがにがっつきすぎかと反省し、慌てて脚を解こうとした。が、その時には華門にその脚を抱えられ、腰を上げさせられてしまっていた。

「欲しいか」

にっと笑ったその顔があまりにセクシーで、鼓動がますます高鳴る。

「……や……っ」

でもさすがに『欲しい』とは答えられずにいた俺の答えを待たず、華門が露わにした俺の後ろに顔を埋めてきた。

「きたない……っ……から……っ」

よせ、と身を捩ろうとした俺を押さえ込みつつ、華門がそこを押し広げ、奥深いところまで舌を挿入させてくる。

ざらりとした舌が内壁を舐《ねぶ》るたびに、ぞくぞくとした刺激が背筋を走り、堪らない気持ちが募る。

汚いから舐《な》めなくてもいい。もう、すぐに挿入してくれてかまわない。その気持ちを伝えたいのに、発せられる声は自分でも耳を塞ぎたくなるような甘い喘ぎのみとなってしまっていた。

「や……っ……あっ……あぁ……っ」

舌と共に挿入された華門の長い指が、中を慣らそうとしてくれているのがわかる。俺の身体への配慮だとはわかっちゃいるが、もどかしいのだ。その思いがついに、俺の口をついて出た。

「挿れて……っ！　挿れてくれ……っ」

よくぞ言えたものだと思う。言ってしまってから頭に血が上ってきた、そんな俺の真っ赤な顔を華門が見やり、にやりと笑う。

「素直だな」

身体を起こした彼はそう言ったかと思うと、俺の両脚を抱え直した上でその逞しい雄の先端を、挿入を待ち侘《わ》びひくつきまくっている俺の後ろに押し当ててきた。

「身体も素直だ」

その瞬間、食いつかんばかりの勢いでひくつきが増した後ろの反応に感づいたらしい華門が、にや、と笑い俺を見下ろしてくる。

いつも以上に華門の口数が多いことに、ふと気づきはしたものの、欲情が俺の思考の継続を妨げた。

華門が二度、三度と先端でそこを擦《こす》り上げたあと、一気に腰を進めてくる。

「あぁ……っ」

いきなり奥まで貫かれ、一瞬、息が止まった。内臓がせり上がるような勢いの突き上げを俺の身体が受け入れるより前に、華門が激しい腰の律動を開始する。

「あ……っ……あぁ……っ……あっあっあーっ」

逞しい雄が抜き差しされるたび、内壁との間で生まれる摩擦熱があっという間に全身へと回り、どこもかしこも火傷《やけど》しそうなほどの熱を感じる。

吐く息も、汗が吹き出す肌も、脳まで沸騰するほどに熱く、ただでさえ働かない思考が完全にゼロとなってしまった。

「あぁ……っ……華門……っ……かもん……っ……すき……っ……だ……っ」

二人の下肢がぶつかり合うときに立てられる、パンパンという空気を孕《はら》んだ音の向こうで俺の喘ぐ声が響きまくっていたが、自分が何を言っているのか、まるでわかっていなかった。

華門に抱かれている。やはりこれは『喜び』としか表現し得ない行為だった。華門と快感を共にしている幸福感に酔っていた俺はそのとき、実に呑気《のんき》なことに、今、彼が警察に追われている身であることも、自分が兄の協力のもと、鹿園の目を逃れてこの場にいられるのだということも、まるで忘れてしまっていた。

華門さえいればよかった。他には何もいらなかった。

『お前は僕や皆を捨てても、殺し屋との未来を選ぶのか？　未来なんてないんだよ？　いつ逮捕され、死刑になるかわからないし、この先、何人人を殺すかわからない。そんな男との人生を本気で考えているというのか？』

兄の言葉が一瞬、俺の頭を過《よぎ》った。

どちらと、選ぶことはできない。ただ、今、この瞬間に選択を求められたとしたら、俺が選ぶのは間違いなく、華門の腕だった。

セックスの快楽が選ばせているわけではない。ただただ、華門が愛しかった。もし、華門が共に逃げようと言ってくれたら、迷わず俺はその手を取る。実の兄を、友情で結ばれた仲間たちを裏切る結果となったとしても、華門と生きていくことを選びたい。そう思ってしまっていた。

「あぁ……っ」

俺の右足を抱え上げていた華門がその脚を離し、パンパンに張り詰めていた俺の雄を握り、一気に扱《しご》き上げてくれる。

頭の中が真っ白になったと同時に俺は達し、白濁した液を彼の手の中に飛ばしていた。

「アーッ」

背が仰《の》け反り、唇からは高い声が漏れる。

射精を受け、後ろが激しく収縮する。その刺激で華門もまた達したらしく、ずしりとした彼の精液の重さを中に感じた。

「……あぁ……っ」

幸せだ——共に感じ、共に達する。思いが通じ合った相手とのセックスは、なんて気持ちがよく、なんて幸福感を覚えさせてくれるものなんだろう。

もっと。もっと欲しい。その願いが俺の手脚を動かし、気づいたときには俺は両手両脚で華門の背を抱き締めてしまっていた。

「知らないぞ」

くす、と華門が笑い、改めて俺の両脚を抱え上げる。

「……え……？」

俺の中に収められたままになっていた華門の雄が、みるみるうちに硬さを取り戻していくのがわかった。

まさか抜かずにこのままいくのか、と、まだ息も整っていなかった俺はぎょっとしてしまったのだが、そんな俺に向かい華門は、再度、にや、と笑ってみせたあとに、予想どおり腰を激しく打ち付けてきた。

「やぁ……っ」

収まりかけていた欲情の焔《ほむら》が俺の身体の中で一気に燃えさかるのがわかる。

息苦しさを覚えながらも、俺もまた、恐ろしいほどの快感が全身を突き抜ける、その衝動に任せ、華門の身体の下でついには意識を失うまで喘ぎ続けてしまったのだった。

5

「ん……」

なんだかとても幸せな夢を見ていた気がする。内容はさっぱり覚えていないけれど。

うっすらと目を開き、身体を起こそうとしたそのとき、自分が上掛けをかけておらず、脱がされたはずの服を着ていることに驚いたあまり飛び起きてしまった。

「え？　華門？」

室内を見回し、華門の姿を探す。

「ほら」

目の前に、ミネラルウォーターのペットボトルが差し出されたのに更に驚き、差し出してきた手の主を——華門を見上げる。

華門は行為のあとには姿を消しているのが常だった。そんなときには俺は抱かれた状態のままなのもまた常だったのに、なぜ今日に限って彼は俺の前にいるのだろう。

嫌な予感が胸に押し寄せてくる。が、無理矢理に俺はその『予感』を胸の底に押し戻すと、きっとこれは華門が俺との対話を持とうとしてくれているのだといいように解釈をし、口を開いた。

「華門、今後のことを話し合いたいんだ」

「……今後？」

華門が俺の言葉を繰り返す。彼の目には今、なんの表情も浮かんでいない。そのことに焦燥感を煽られる思いを抱きつつ、俺はせめて自分の考えを彼には伝えねばという意思のもと、話し始めた。

「警察に二人の関係が知られてしまった」

「そうだな」

「これからどうやって会えばいいのか、それを相談したい。俺に対する監視の目はより厳しくなると思う。今日もなんとか、抜け出してきたんだ」

「簡単だ」

華門があっさりと言い放つ。

「会わなければいい」

「……え……？」

何を言われたのか、最初俺はまったく理解できていなかった。

「だから、もう会わなければいい」

華門はにこりともせずそう言うと、ほら、と俺にペットボトルを示して寄越した。

「いやだ」

きっぱりと首を横に振り、その言葉は受け入れられないと主張する。

「いやとかいいとか、そういうことじゃない。日本の警察は優秀だからな。お前から目を離すことはまずあるまいよ」

華門は無理矢理俺にペットボトルを握らせながら、相変わらず淡々とした口調でそう言い、にっと微笑んでみせた。

「……でも、いやだ」

どうしてそこで笑えるのだ。とてつもないほどの嫌な予感に襲われていた俺の耳に、バラバラというヘリコプターのプロペラ音が響く。

何かがおかしい。この轟音《ごうおん》は一体、と思った次の瞬間、ノックもなしにドアが勢いよく開いたかと思うと、武装した機動隊が物凄い勢いで室内に雪崩れ込んできた。

「な……っ」

数十人もの盾を手にした彼らが俺と華門を取り囲む。

「捕獲せよ」

凛《りん》と響くその声の主が誰か、俺は既に察していた。

「……鹿園……」

その名を告げた俺の視界に、ドアの向こうからゆっくりした歩調で姿を現した親友の姿が飛び込んでくる。

彼の号令を受け、機動隊員たちが一斉に動いた。その場に立ち尽くしていた華門に手錠をかけ、身柄を確保する。

「連れていけ」

鹿園の指示で、機動隊員たちが皆して華門を取り囲み、部屋の外へと出そうとした。

「華門！」

なぜ、易々と逮捕され、引き立てられていくのか。抵抗の一つもせずに。堪らず叫んだ俺を一瞬だけ、華門は振り返り――微笑んだ。

「華門‼」

その笑みの理由はなんなのだ。どうして逃げないのだ。あとを追おうとした俺の周囲を、大勢の機動隊員たちが取り囲む。

「退《ど》けよ！」

邪魔だ、と彼らが振りかざす盾を押しやろうとした俺の耳に、信じがたい人物の声が響いた。

「いい加減にしろ、大牙」

「……にい……さん？」

まさか。振り返った俺の目に映ったのは、鹿園の隣で青ざめた顔のまま立ち尽くす、兄、凌駕の姿だった。

「うそだろ……？」

好きにしろと——言ってくれたのではなかったのか。

兄が自分を裏切ったとは、どうしても考えられず、呆然としていた俺の目の前で、その兄が強張《こわば》った顔のまま口を開いた。

「……どこの世界に、実の弟が殺し屋との未来を夢見ていることを見逃す兄がいると思う？」

「……わかって、くれたんじゃないのかよ……っ」

冷たく言い放たれた言葉を聞いた瞬間、俺の中で何かが弾け飛んだ。兄に駆け寄り、身体を揺さぶる。

「信じてたのにっ！　兄さんならわかってくれると思ったのに！　華門を逮捕させるために、俺を騙したのかよ？　信じていたのに！　信じていたのに‼」

実の兄に裏切られたという事実は、受け止めるには重すぎた。

「信じてたのに‼」

しつこく繰り返す俺を見る兄の目に涙が滲んでくるのがわかる。

「先に信頼を裏切ったのはお前だよ、大牙。僕だってお前を信じてた。ごくごく、真っ当な倫理観を持ってくれていると……馬鹿。本当にお前は馬鹿だ。お前なんかもう、逮捕されちゃえばいいんだ……っ」

POLICE

今や兄はぼろぼろと涙を零していた。

「……兄さん……」

呟いた俺を、再び機動隊員が取り囲む。

「手錠はかけなくていい。あくまでも逮捕するのは殺し屋のＪ・Ｋのみだ。大牙は……ウチに連れていく」

鹿園が機動隊員たちにそう、声をかける。

「逮捕しろよ、鹿園。俺は華門を庇ってた。だから俺も逮捕してくれ。華門と同じ空間にいさせてくれ！　頼む。頼むから……っ」

叫ぶ俺の声に、耳を傾けてくれる人間は、この場には誰もいなかった。

「連れていけ。抵抗は許すな」

鹿園の淡々とした声が室内に響く。直後に機動隊員が俺の両脇を抱えるようにし、部屋の外に出そうとした。

「鹿園、頼む！　俺を華門と同じ場所に連れていってくれ！　俺は彼を匿っていた！」

彼が逮捕されるなら俺も逮捕されるべきだ。

だがその訴えは聞き入れられることはなかった。

ホテルを十重二十重に機動隊員たちが囲んでいるのがわかった。空には警察のヘリが数台、飛んでもいる。

物凄い警戒だった。そんな中、機動隊員に囲まれ、車に乗り込まされる直前、俺はまさに今、警視庁に連れて行かれようとしていた華門の姿を見ることができた。

「華門‼　どうして……っ！」

逮捕された先に待っているのは、起訴、そして死刑判決だ。なのにどうして彼は大人しく逮捕されようとしているのか。護送車に向かわされる彼に俺は堪らず叫んでいた。

華門は俺を見ることなく、車に乗り込んでいく。俺もまた、覆面パトカーに引き立てられながらも叫び続けた。

「逃げろ、華門！　どうして逃げなかったんだ！　俺はお前の捕まるところなんて見たくなかった！　俺と逃げてくれるんじゃなかったのか！　俺は……俺は、お前が逮捕される未来なんて望んじゃいなかった。お前と共に生きる未来しか、予想していなかったんだ！」

「………………」

華門は何も答えない。だが、彼の口元は笑みに綻《ほころ》んでいるように見えて仕方がなかった。

「華門！　逃げてくれよ！　お前なら逃げられるはずだろう？　頼む！　逃げてくれ！　逮捕されたら死刑だぞ！」

いくら叫ぼうとも華門が何か行動を起こすことはなかった。

「華門、俺のことならいいんだ！　逮捕されようが起訴されようが、身内から縁を切られようが、それはもう、覚悟していることだからいいんだ！　だから逃げてくれ！　頼む！」

今ならよくわかった。俺に服を着せてくれていたのは、こうして警察が来ることが彼にはわかっていたからだ。前回、全裸で俺を放り出すことになったのを気にしてくれたに違いない。

そして行為のあとも彼がその場に留まったのは、逮捕されることを覚悟していたからだ。覚悟する必要などない。逃げてもらいたい。彼の真意がわかるようでわからず俺はただただ、叫び続けた。

「俺なら心配ない！　逃げろ！　逃げてくれ！　俺はお前の逮捕なんて望んじゃいなかった！　お前と一緒に逃げたかったんだ！　全てを捨てて、お前と逃げたいんだ！」

無理矢理、覆面パトカーに押し込まれながらも、俺は華門に向かい叫び続けた。

「華門！　逃げろ！」

ドアが閉まり、覆面パトカーが発車する。

「華門！」

窓を開け、その名を叫ぶ。が、声は空《むな》しく宙に響いた。華門を乗せた護送車は、俺の乗る覆面パトカーとは反対方向に走り出していた。

「華門！」

既に声は届かないとわかってはいたが、叫ばずにはいられなかった。横に座る警官が遠慮深く俺の腕を引く。

「…………」

もう、抵抗しようが何をしようが、無駄だということがわかっていた。項垂《うなだ》れる俺の横で、運転席で操作したらしくウインドウが音を立ててしまっていく。

もし、ここで暴れたらどうなるか。逮捕されるだろうか。いや、何事もなかったかのように結局は鹿園のマンションへと連れて行かれるだろう。

それがわかるだけに俺は、それ以上の抵抗はせず、ただ車が目的地に到着するのを待った。逃げるとすればワンチャンスだ。鹿園のマンションに到着し車を降りる、その瞬間しかない。

それまでは大人しくしていよう。溜め息を漏らし、両手に顔を埋める。未だ思考は混乱してはいたが、事実関係だけはしっかり、頭に刻み込まれていた。

どうして華門は逮捕されたのか。覚悟の逮捕としか思えなかった。俺が呼び出したときから彼は、逮捕されることを覚悟していたというのだろうか。どうして？　理由はまるでわからない。

俺のためか？　どうして彼が俺のために逮捕される？　俺の立場を思って？　そんな必要などないのに。

俺は彼の逮捕など望んじゃいなかった。彼と共に逃げたかった。彼と新しい人生を歩み出したかった。

華門は何を考え、逮捕されたというのだろう。

それを知る機会は果たしてあるのか。自分は何も知らされないまま、華門は起訴されてしまうのではないのか。

なんとしてでもそれは阻止したい。なんの力にもなれないかもしれないが、『知らないうちに』というのだけは嫌だ。勘弁だ。

それで俺は、車を降りる瞬間を狙っていたのだが、結論からいうと俺が考えていることは、警察関係者にはお見通し、というものだった。

鹿園のマンションの地下駐車場に車が到着すると、まず運転手役の警察官が降りてきて、後部シートのドアを開き、隣に乗っていた警察官と共に俺を両脇から挟んで二人して俺を鹿園の部屋に連行していった。

逃げるどころではなかった。部屋には既に理一郎が待機しており、俺をリビングへと連れていったあとにはその二名の警察官が残り、ドアの外に立った。

目の前には理一郎が座り、じっと俺を睨んでいる。彼を振り切ったところで、外にいる警察官に取り押さえられてしまうだろう。そうなればもう、二度と自由の身になるチャンスは失われる。

再び訪れるチャンスを待つしかない。大人しくして、逮捕された華門についての情報を集めねば。そう心を決めはしたが、間もなく目の前に現れた兄、凌駕の姿を前にしては、冷静ではいられなくなった。

「大牙」

凌駕が強張った顔で声をかけてきたのは、俺を裏切った自覚があるからだとわかった。

「怒っているんだろ？　でも僕は後悔していないから」

明らかに怒っている口調で凌駕が俺に言い捨てる。

「どこの世界に、弟が殺し屋とかかわるのを見逃す兄がいると思う？」

「……信じていたのに。兄さんを」

言うまいと思っていた恨み言が口から零れ落ちてしまった。

「…………信じるほうが馬鹿だ」

兄もまた俺を睨んだまま、ぼそりとそう告げる。

「…………」

もう、話すことはない。お互い、どれほど話し合ったとしても、俺たち兄弟の間で生じてしまった溝が埋まることはないだろう。

項垂れる俺に兄が、追い打ちとばかりに言葉をかけてくる。

「お前のせいでロシアンも、それに理一郎も、難しい立場に立たされているんだぞ。自分がどれだけ周囲に迷惑をかけているのか、よく考えるんだ。僕になんて言われたくないだろうけど、お前に言えるのは血の繋がっている僕だけだと思うから、敢えて言わせてもらう。大牙、お前は皆に護られている。それがどれほど有難いことか、しっかり噛みしめるんだ」

そんなことはよくわかっている。だが言わせてもらえれば、俺は護られることなど求めてはいなかった。俺が求めていたのは、華門との未来だ。まさか、実の兄に裏切られた結果、その華門を逮捕させることになろうなど、予想してもいなかった。

信じていたのに——兄の思いやりは、今、俺の胸には少しも響いてこなかった。ただただ、裏切られたことへの怒りが募り、兄を睨んでしまう。

「怒ってるのか」

兄もまた真っ直ぐに俺を睨み返してきた。

「怒ればいい。僕も怒っているから。お前の数倍、いや、数百倍は怒っている。お前の馬鹿さ加減に」

「…………」

馬鹿で悪かったな。自覚はあるようだが、お前にだけは『人に迷惑をかけるな』的なことは言われたくないよ。

言い捨てることができれば、まだ救われただろう。

口論をし、摑み合いの喧嘩をすれば少しは気が済んだかもしれない。だが、それをしようと思えないほど、俺は兄に対し怒りを覚えていた。

顔も見たくない。それで両手に顔を伏せた俺の耳に、容赦のない兄の罵倒《ばとう》が響く。

「甘えるなよ、大牙。お前が今、こうしてここにいられるのは、ロシアンや理一郎の気遣いがあってこそだ。前科者にならないですんでいるのは二人の尽力のおかげだ。しっかりそのありがたさを噛みしめるんだ。いい加減、馬鹿げた恋にうつつを抜かすのはやめるんだ。いいな、大牙！」

言い返したいことは山のようにあった。だが、俺は顔を伏せたままでいた。

もう、兄にも誰にも、心を許すまいと決めていた。一言も話すまい。何も受け入れまい。言葉も、行動も、食べ物も飲み物も。与えられるもの、すべてを拒絶してやる。そのくらいの怒りに今、俺は見舞われていた。

「聞いているのか、大牙！」

凌駕の怒りの声が室内に響く。

「凌駕、落ち着くんだ」

兄の横で理一郎がそう声をかけている。

「本当にごめん、理一郎。迷惑をかけて……」

兄が涙声になっているのがわかった。殊勝に詫びる兄に対する鹿園兄の声はどこまでも優しい。

「気にすることはない。このくらいで僕も祐二郎も、危機的立場に陥ることなどないのだからね」

「理一郎……ごめん……っ……本当に……ごめんなさい……」

泣きじゃくる兄の声が、室内に響き渡っていた。兄に謝らせてしまい、申し訳ないという気持ちは勿論ある。だがその思いを口にはすまいと俺は唇を噛み、俯いたままでいた。

選択できるのであれば、俺は華門との未来を選んでいた。兄とも誰とも縁を切り、華門と二人、生きていく道を選ぼうとしていた。その道は既に閉ざされたのかもしれないが、それでも俺は、自身の選んだ道を突き進もうと、そう心を決めていた。

もう二度と、顔は上げない。誰の声も聞かない。ただ、自由になる機会を狙い続けていく。そのためには、目や耳を塞いでいないほうがいい。そう思い直し、顔を覆っていた両手を退けると膝の上に置いた。俯き、己の指先を見つめる俺の脳裏に、機動隊に囲まれ、護送車に連れ込まれる華門の姿が浮かぶ。

あのとき彼は——笑っていた。見間違いではないだろう。

なぜ彼は笑ったのか。その理由を必ず、直接本人に聞いてやる。

幻の華門の笑顔に向かい、心の中でそう呟く。どのようにして彼と直接話すか、その方法はまるで思いつかないが、なんとしてでもそうしてみせる。強い思いから気づいたときには俺は、硬く拳を握り締めてしまっていた。

鹿園が帰宅したのは、夜も更けてからだった。

「兄さん、お兄さん、お世話をかけました」

二人に向かい頭を下げたあと、彼が俺を見たのがわかる。が、俺は顔を伏せたまま、一言も喋ることなくその場に座っていた。

「ずっとあんな感じ。水も飲まなきゃ、食事もとらない。ハンストでもしてる気じゃないの。子供じゃあるまいし、馬鹿みたい」

兄の凌駕がその言葉どおり、馬鹿にしきった口調でそう言い、俺を睨んだのもわかった。が、俺は顔を上げず座り続けていた。

「あとのことは任せてください」

ありがとうございました、と鹿園が兄に頭を下げる。

「大丈夫なのか、祐二郎」

理一郎が鹿園に、心配そうに声をかけたが、自身の兄に対しても鹿園は、

「大丈夫です」

と穏やかな笑顔を向け「任せてください」と頷いていた。

理一郎と兄の凌駕が帰ったあと、鹿園は俺と向かいあって座りあれこれと話しかけてきた。

「食事をとらないんだって？　お腹が空《す》いただろう。何か作るよ。何がいい？」

何を話しかけられても、顔を上げる気はなかった。態度で拒絶を示す。兄の言うとおり子

供っぽいと思いはしたが、それでも俺は決して鹿園を見ようとしなかったし、彼の問いに答えようともしなかった。

「…………」

鹿園は暫し俺を見つめていたが、やがて溜め息を漏らすと立ち上がり、一人キッチンに向かっていった。

ジュウ、と何かを炒《いた》めている音がし、やがてソースの焼ける美味《おい》しそうな匂いが漂ってくる。

「焼きそばにした。大牙、好きだろう？　さあ、食べよう」

目の前に焼きそばの皿を置かれる。美味しそうな匂いに不意に食欲がわき起こり、情けないことに俺の腹は、ぐう、と鳴ったがそれでも俺は箸《はし》を取り上げることなく、その場で俯き続けた。

「……大牙……」

鹿園がソファの隣に座り、俺の名を呼ぶ。

「凌駕さんのことも僕のことも怒っているんだろう。僕がしたことについては言い訳はしない。だが凌駕さんの気持ちはわかってあげてほしい。あの人にとってお前は大切な弟なんだ。お前だってもし、凌駕さんが自分と縁を切って殺し屋と共に生きていくなんて言ったら止めるだろう？」

「…………」

鹿園の言葉はいちいちもっともだった。確かに、凌駕が犯罪に巻き込まれたとしたら俺も身体を張ってでも止めるだろう。

怒っているのは、兄が一旦は認めるといった演技をしたことに対してだった。華門を逮捕するため、俺を囮《おとり》にする。当初からその作戦だったのか、それとも兄があの場で思いつき、鹿園に連絡を入れたのか、どちらかはわからない。

どちらにしても、騙された俺が愚かだったといえばそれまでなのだが、兄弟の絆を信頼していただけにやはり、許せない気持ちは残った。

「J・Kについては麻生さんが調べたことを聞いたし、警察でも色々と調べた。香港マフィア子飼いの殺し屋で、今まで千人以上殺しているということはお前も聞いているんだろう？狩野と名乗っていた男がJ・Kだというリークが警察に入り、それでお前の事務所に踏み込んだわけだが、リークをしたのはその香港マフィアの一味だということもわかった。麻生さんによると、林輝——僕の兄の命を狙ったあの女装の男、彼が最近組織を離れつつあるJ・Kに腹を立て、通報したという話だ。二人は恋人同士だという噂もあると言っていた。お前、知っていたか？」

「…………」

知っていた。林本人から聞いてもいた。林は俺にこうも言った。華門を手放さなければ、俺の周りの人間を順番に殺していく、と。

リークをしたのは華門に腹を立てたからじゃない。俺から華門を遠ざけようとしたのだ。今頃林は慌てているんじゃないだろうか。まさか華門が逮捕されるとは思っていなかっただろうから。

要は嫉妬《しっと》からのリークだったのだが、そこまでは麻生も突き止められなかったようだ。鹿園の話を聞きながら俺は、ぼんやりとそんなことを考えていた。

華門はなぜ、逮捕されたのか。俺自身も彼の逮捕には驚いていた。二人でベッドインしているところを最初に鹿園らに踏み込まれたとき、彼はなんの苦もなく逃げおおせた。なのに今日はまるで逮捕を覚悟しているかのように抵抗もせず、連れ去られていった。

機動隊がどれほどの数いようが、空にヘリが何台飛んでいようが、華門ならきっと逃げられたはずだ。

覚悟の逮捕だったからこそ、彼は抵抗しなかった。だがなぜだ？　なぜ、彼は逮捕された？

自ら罪を償おうとしたから——？

「……っ」

その考えに至ったとき、そんな、と俺は思わず伏せていた顔を上げてしまった。

「大牙？」

あまりの勢いのよさに、隣で鹿園が驚いたように目を見開いている。

華門の意図が知りたかった。本当に今まで犯してきた罪を償おうとしているのか。それを聞いてみたかった。

「どうした？　大牙」

鹿園に声をかけられ、彼を見る。

「……頼む」

先ほどまで拒絶していた相手に頭を下げることに対し、抵抗がないといえば嘘になる。だが、彼にしか頼めない、と俺は鹿園に対し深く頭を下げた。

「何を？　何を頼むと？」

鹿園が身を乗り出し、俺の肩を抱きながら顔を覗き込んでくる。心配そうに寄せられた彼の眉根は、俺が告げた言葉を聞いた途端、いかにも不快そうに顰められることとなった。

「華門に会わせてほしい」

「無理に決まっているだろう」

即答だった。にべもなく言い捨てた彼に、再度深く頭を下げる。

「頼む。ほんの少しの間でいいんだ。五分でいい。彼と話をさせてほしい」

「駄目だよ、大牙。会ってどうする？　何を話すと？　もう彼のことは忘れるんだ」

きっぱり言い切る鹿園に対し、俺もまたきっぱりと言い放った。

「忘れられるわけがない！　愛しているんだ！」

「……大牙……」

鹿園が呆然とした顔になる。直後に彼の、白いほどだった顔に一気に血の気が上り真っ赤になっていく様を、今度は俺が呆然として見つめてしまった。

「本気で言ってるのか……あの殺し屋を愛していると」

押し殺した声音で鹿園が俺に問う。彼に摑まれた肩に痛みを覚え、外させようと手を伸ばす。が、逆にもう片方の手でその手を摑まれ、ぎょっとして彼を見た。

「お前……忘れたのか。三年前、衆人環視の前で男に犯されたことを」

鹿園が相変わらず押し殺した声でそう告げ、俺を尚も睨んでくる。今まで敢えて触れずにすませていてくれた彼の口から出たその言葉も、酷くギラつく彼の目も、強く摑まれた手首の痛みも、すべてが戸惑いの対象でしかなく、俺は声を失い彼の目を見返すことしかできないでいた。

6

「…………悪い……」

見つめ合うこと数十秒、先に目を逸《そ》らせたのは鹿園《しかぞの》だった。

「……いや……」

彼が何に対して謝罪をしたのか、わかったために俺は短く答え、首を横に振った。鹿園は俯《うつむ》いていたが、彼の手はまだ俺の手首を捕らえたままだった。離してほしい、とその手を上から摑《つか》む。が、鹿園は俺の手を握ったまま、ぼそぼそと呟《つぶや》き始め、俺から一瞬声を奪った。

「……しかし、信じられないんだ。お前は心に傷を負ったものだとばかり思っていた。なのにJ・Kを愛しているという。彼とのセックスがいいと話しているのも聞いた。どうしてだ？かつてあんな目に遭ったんだ。男に抱かれることに対して、拒絶反応があるものなんじゃないのか？」

「それは…………」

鹿園は俺に対し、盗聴を隠す気はないらしい。それはともかく、彼の言葉ももっともで、それに関しては俺自身が一番驚いていた。

そうした行為を連想するような状況に陥ったときには過呼吸になっていたくらいのトラウマだったはずの、『男に抱かれる』ことに、なんの抵抗もなくなるどころか快感を覚えてしまっているなんて、信じられない、としかいいようがない。

だが——。

「拒絶反応は勿論《もちろん》あった。でも、華門《かもん》は違うんだ」

愛しているから。そう続けようとした俺は、不意に鹿園にソファに押し倒されたのだが、一瞬のことで何が起こっているのか、わかっていなかった。

「……え?」

「嘘だと言ってくれ。なあ、いやだろう?」

言いながら鹿園が俺に覆い被《かぶ》さってくる。

「何をする!」

いつしか両手首を捕らえられ、押さえつけられていた。鹿園の顔が近づいてきたが、意図がさっぱり読めず、顔を背けるのが遅れた。

鹿園の唇が俺の唇を覆う。

嘘だろう? ぎょっとしたが、頭に浮かんだのは信じがたいという思いしかなかった。

手首を押さえ込む鹿園の手に力がこもり、彼の舌が強引に少し開いてしまっていた俺の唇の間から中に入ってこようとする。

このあたりでようやく驚きから脱し、自分を取り戻すことができた俺は、信じがたい、などと言っている場合ではないと、必死で顔を背け、叫んだ。

「やめろ！　何を考えているんだ！」

「大牙《たいが》、僕は……っ」

鹿園が俺の顔を覗《のぞ》き込み、尚も唇を塞《ふさ》ごうとしてくる。それを避《よ》けながら、押さえ込まれた体勢からなんとか逃れようとしていたそのとき、室内に携帯電話の着信音が鳴り響いた。

「…………」

聞き覚えのあるその音は、鹿園のスマホのものだった。鹿園は一瞬固まっていたが、すぐ溜《た》め息を漏らしつつ身体《からだ》を起こすと、スーツの内ポケットに入れていたスマホを取り出し応対に出た。

あの着信音は警察関係者からかかってきたときのものだ。この隙にと身体を起こした俺の目の前で、電話に出ていた鹿園の顔色がさっと変わった。

「なんだと？」

「…………」

鹿園がちらと俺を見る。愕然《がくぜん》としているその顔を見たとき俺は、もしや華門の身に何かあったのでは、と気づき、食い入るように鹿園の顔を見つめてしまった。

「……ああ……ああ、わかった。これからすぐ向かうが、何かわかったらまず連絡するように」

鹿園が電話を切り、ふう、と溜め息を漏らす。

「……何かあったのか？」

『すぐ向かう』と言いつつ、動きだそうとしない上、何も言葉を発しない鹿園の顔は今、酷《ひど》く強張《こわば》っていた。

一体何があったのか。華門がかかわっているのではないのか。気になる気持ちを抑えることができず、俺は黙り込む鹿園に対し、もう一度、

「鹿園、何があったんだ？」

と問いかけた。

「……大牙、お前にとって気になるのは、電話の内容か？」

と、鹿園が苦笑し、俺へと視線を向けてきた。

「え？」

「……俺がなぜお前をソファに押し倒し、キスしたか……そのことより電話が気になるのか？」

「…………それは…………」

鹿園がまさかそんなことを言ってくるとは思わず、俺は言葉を失いその場に立ち尽くした。

「お前にとっては俺が何をしようが、J・Kが今、どういう状況に陥っているかのほうが断

然、気になるんだな」

鹿園の声は笑っていた。が、そう告げる彼の顔は泣いているようにも見えた。

「……どんな状況に陥っているんだ？」

彼の表情は、気にはなった。だが、俺が問うたのはやはり、華門についてだった。

「ほら、な」

鹿園が、はは、と笑い、片手で自身の目の辺りを眼鏡の上から覆う。何をしているのか、一瞬わからなかったが、もしや涙を隠そうとしているのではないかと気づいた俺は、彼から視線を逸らせ、俯いた。

沈黙の時間が暫《しば》し流れる。

「……J・Kが拘置所を脱走した」

随分と時間が経《た》ってから、鹿園がぽつりと呟いた言葉を聞き、俺ははっとして顔を上げ、彼を見た。

既に鹿園は、いつもの調子を取り戻していた。すっと背筋を伸ばし、淡々とした口調で話を続ける。表情もまた淡々としており、今やなんの感情も表れていないように俺の目には映っていた。

「拘置所内で見張りの警官が気絶させられていた。いつ抜け出したのかは不明だ。加えて、拘置所周辺にチャイナマフィアと思《おぼ》しき外国人が十数名、倒れていたそうだ。ご丁寧に全員手錠をはめられ、猿轡《さるぐつわ》を嚙《か》まされた状態で」

「……え……？」

話の前半は理解できた。が、後半がよくわからない。一体なぜチャイナマフィアが、しかも倒された状態でその場にいたというのだろう。

「彼らは全員、銃を所持していた。拘置所を襲撃に来たと思われる。目的はJ・Kを救い出すことか、または彼を殺すことか、どちらかはわからないが」

「……彼らを倒したのは……華門、だよな」

ようやく状況が飲み込めてきた。チャイナマフィアは華門を助けに来たのか、それとも殺しに来たのか、どちらにせよ、彼らに拘置所を襲撃された場合、大騒ぎになる上に大勢の被害者も出たに違いない。

それを察知した華門が先に逃げ出したと、そういうことだろう。

華門がチャイナマフィアを倒していったということは、彼らは華門を救うためではなく命を奪うために差し向けられたということだろうか。

そんなことを考えていた俺の耳に、やはり淡々とした、だが、少し硬さの残る鹿園の声が響く。

「……拘置所の警官も、それにチャイナマフィアたちも、気絶させられていただけで怪我人《けがにん》は一人もいないそうだ。無論、命を奪われた者もいない」

「……え……？」

なぜ、鹿園がそれを俺に伝えたのか。一瞬理由がわからず問い返した直後、俺は彼の言いたいことを理解した。

「……華門は、誰も殺してないんだな？」

理解したことが正しいか、確認を取る。

「ああ。一人も」

答えた鹿園はここで一瞬、眉《まゆ》を顰《ひそ》め声を飲み込んだものの、すぐ、はあ、と息を吐き出し、俺を真《ま》っ直《す》ぐに見つめ口を開いた。

「前に兄さんが狙撃手に狙《ねら》われたのを救われたという話を聞いたとき、お前、泣いたよな」

「…………え……？」

鹿園の話題が不意に現在のものから飛んだため、俺は彼が何を言っているのか、察するのに時間がかかった。

「あのとき、なぜ泣いたのか、わからなかった……だが、今ならわかる。狙撃手を撃ったのはJ・Kだったんだろう？　お前が泣いたのは、そのときJ・Kが一人として狙撃手の命を奪うことをしなかったためだ。違うか？」

「……鹿園……」

違わない。そして今もまた、俺は同じ気持ちでいた。頷《うなず》いた俺を尚も見つめ、鹿園がぽつりと呟く。

「……殺し屋が人を殺さないなんてな」

「華門は変わりつつあるんだ。間違いなく」

だから殺さなかった。麻生《あそう》が言っていた、この一年で五十六人を殺しているという情報は正しいのかもしれない。でも今、鹿園の話を聞き、もしや間違いである可能性だってあるのではと、改めて俺はそう考えていた。

「お前が変えたと、そう言いたいのか？」

鹿園の眉が顰められ、声が少し掠《かす》れる。

「……だといいなとは思うが、誰の影響であっても、本人にとっては喜ばしいと思うよ」

もう、華門には人を殺してほしくない。『殺し屋』としての人生とは決別し、新しい道を選んでほしい。

それが俺の願いだ、と頷いた俺を見る鹿園の瞳《ひとみ》が潤んできたのがわかった。

「……………大牙…………」

「……なに？」

問い返した俺の声に被せ、鹿園が問うてくる。

「僕では駄目なのか？」

「……………え……？」

『何が』という言葉はなかったが、鹿園が何を問うているかは、彼の真剣な目を見ればさすがにわかった。

「僕では駄目か？」

「……鹿園……」

わかりはしたが、どう答えればいいのかはわからず、黙り込む。そんな俺に一歩を踏み出し鹿園が思い詰めた顔で告げた言葉を聞き、俺はますます声を失ってしまったのだった。

「お前が好きなんだ。友人としてではなく、恋愛対象として」

「…………鹿園……」

勿論、驚いてはいた。だが、心のどこかで気づいてもいた。鹿園は俺にとって大切な親友である。彼を失いたくないと願うあまり、無意識のうちにその気持ちに気づかぬよう、フィルターをかけて彼を見ていたのかもしれない。

告白されて初めてそのことを自覚した俺の口から、思わず溜め息が漏れていた。

「お前が好きだ。出会った頃からずっとお前のことが好きだった。だがお前が俺を友達としか思っていないことに気づいていたし、何より、お前の心の傷を思うと告白は控えようと、我慢してきた。親友として傍《そば》に居られるだけでいい。今まではずっとそう思ってきた」

切々と訴えかえてくる鹿園の言葉は、俺の胸に真っ直ぐに刺さった。

気づいていた。彼が自分に友情以外の気持ちを抱《いだ》いていることに。気づかぬふりを貫いた上で、今まで俺は鹿園に甘えまくってしまっていた。

わかった上で利用していたと思われても仕方がないくらいに、頼り切っていた。申し訳ないことをした、と罪悪感を覚え見やった先では、鹿園が泣きそうな顔で俺を見つめていた。

「……でも、お前が同性に恋をしていると知らされ、今では後悔している。なぜ、正直に思いを打ち明けなかったのかと……出会いは俺のほうが先だよな？」

「……うん、でも……」

ごめん、と俺は鹿園に対し、頭を下げた。

「……たとえ先に告白したとしても、好きにはならなかった……か？」

謝罪の意味を正確にとらえてくれたらしい鹿園が、そう確認を取ってくる。

彼の顔には笑みがあった。諦観《ていかん》としかいいようのない表情を浮かべる鹿園に俺は再度、

「ごめん」

と頭を下げたあとに顔を上げ、正直な気持ちを伝えようと口を開いた。

「俺にとって鹿園は、友人——親友としか思えない。友達としては好きだが、お前に恋愛感情を抱くことはやはり……できない」

「……J・Kになら……華門になら、恋愛感情を抱けると、そういうことか？」

鹿園の顔がまた強張り、俺を見つめる目が厳しくなる。

「ああ」

即座に頷いたあと、あまりに思いやりがなかったかと気づき、俺はまた、

「ごめん」

と詫《わ》びようとした。

「謝られたほうが傷つくよ」

だが先に鹿園にそう言われては頭を下げることも躊躇《ためら》われ、そのまま俯く。

「そうか」

鹿園の溜め息交じりの声がしたと同時に、俺の肩に彼の手が乗せられた。

「……わかった。もう、好きにすればいい」

「……え？」

意外すぎる鹿園の言葉は、理解するまでに少しだけ時間がかかった。

「俺は捜査本部に戻る。お前は好きにしろと言ったんだ」

鹿園はそう言うと、

「一緒に出るか？」

と、聞いてきた。

「いいのか？」

今までの会話がすべてなかったかのような、あっさりした彼の口調に戸惑い、問いかける。

「ああ。送りはしないが」

にこ、と微笑《ほほえ》む鹿園の顔は、だが、いつもと同じではなく、相当無理しているように見えた。

「……ありがとう」

思わず礼を言い、頭を下げた俺の肩を、鹿園が強い力で叩く。

「礼はむかつくだけだからよせ」

行くぞ、と鹿園が先に立って歩き出す。

「お、おう」

慌てて俺も彼のあとを追い、玄関を出た。

「警視」

外には警察官が二人待機しており、俺の姿を認めると慌てた様子で鹿園に声をかけてきた。

「見張りはもういい」

鹿園はそんな二人に声をかけたあと、再度俺を振り返り、ひとこと、

「行くぞ」

と微笑み、再び歩き始めた。

二人してエレベーターに乗り込んだが、会話はなかった。マンションのエントランスで鹿園とは別れ、前に停まっていた覆面パトカーに乗り込む彼を建物内から見送ったあと、一人外に出た俺は、どこへ行こうかと思考を巡らせた。

さすがに築地《つきじ》のホテルを選ぶ気にはなれず、少し迷った結果、やはり家に戻ろうと、タクシーを求めて歩き出す。

華門は果たして、俺からの呼びかけに応え、姿を現してくれるだろうか。現してほしい。今度こそ、彼と語り合いたい。将来のことを。

二人の間には、明るい未来が開けているとは、さすがに脳天気な俺でも考えてはいない。だが、共に歩む未来であれば、たとえ茨《いばら》の道であっても、耐えられる気がするのだ。

少なくとも俺は耐えられる。それを華門に伝えたい。そして華門の気持ちを聞きたい。彼には俺との未来という可能性を一ミリでも一ミクロンでも考えてもらえる可能性があるのか、ということを。

事務所に到着したら、華門を呼び出そう。心を決め、空車のタクシーに手を上げる。

俺の脳裏にはそのとき、チャイナマフィアによる拘置所の襲撃を事前に食い止めたという彼の幻の勇姿が浮かんでいた。

もしや兄がいるかもしれないという俺の予想は外れ、探偵事務所も自宅も無人だった。兄がいたらいたで一悶着《ひともんちゃく》あっただろうから、いなくてよかった、とポケットから携帯を取り出したそのとき、バタン、と事務所のドアが開き見覚えのある——どころではないくらいにありまくる、今、まさに会いたくてたまらない相手が姿を現したのだった。

「華門。無事だったのか」

駆け寄り、彼の腕を引いて中に入らせる。

「ああ」

華門は頷いたあと、己の腕を摑む俺の手を握り、外させた。

「華門？」

俺の呼びかける声に被せ、華門の感情のこもらぬ低い声が室内に響く。

「別れを言いに来た」

「いやだ！」

今度は俺が華門の声を遮る番だった。

「いやと言われても」

華門がふっと笑い、俺の腕を摑み、引き寄せてくる。

「嫌だ。絶対に」

そんな彼に抱きついていくと、華門は俺を受け止めてくれた上できつく抱き締め、唇を塞いできた。

「んん……っ」

そのまま床に押し倒される。いつの間に脱いだのか、床には華門の着ていた黒いコートが敷かれていた。

「……あ……りがとう……」

唇が外れたとき、直接床に押し倒すことのないよう、配慮を見せてくれたことへの礼を言うと、いつものように華門は、

「どういたしまして」

と返してきて、俺の胸にほっこりと温かな思いを宿してくれた。

「華門」

服を脱がす彼に呼びかける。

「ん？」

「愛してる」

ぽろりと——本当にぽろりと、その言葉が唇から零《こぼ》れ落ちた。

「…………」

華門が少し驚いたように俺を見つめた、が、彼は何も応えることなく、黙々と俺から服を剝《は》ぎ取り続けた。

「愛してる、華門」

無視されたからというわけではないが、今度は敢《あ》えて意識をし、心に抱く彼への思いを告

げる。

「知っている」

と、華門はそう返してきたあとに、

「え？」

と聞き返そうとした俺の唇をキスで塞いだ。

「んっ」

獰猛《どうもう》、という表現がぴったりの激しいくちづけだった。きつく舌をからめとられたあとに、貪《むさぼ》るように口内を舐《ねぶ》られる。

キスされているだけなのに、頭がくらくらし、著しく思考力が下がっている自覚すらできなくなっていたが、今の華門の『知っている』という返しが気になり、働かない頭で俺は彼の意図を必死に考えていた。

俺が彼を愛していることは『知っている』。だから敢えて言う必要はない？

それとも、愛されていることは知っているが、自分は愛していない？

それとも――と、ここで俺の胸を弄《いじ》っていた華門が、乳首を強く抓《つね》り上げてきた。

「やっ」

合わせた唇の間から堪《たま》らず声が漏れる。身体は既に火照り始め、華門との行為への期待で下肢は熱く疼《うず》いていた。

いつの間にか服を脱いでいた華門の雄も既に勃ちきっている。欲しい、という思いから手を伸ばし、彼の雄に触れてみる。少し力を入れて握ると、俺の手の中でそれはどくん、と大きく脈打ち、更に硬さを増していった。

欲しい――ごくり、と唾《つば》を飲み込んでしまったときにようやく、彼の唇が己の唇から外されていたことに気づく。

「積極的だな」

少し身体を起こした華門が、くす、と笑い俺を見下ろしてくる。

無数の傷痕《きずあと》が残るその逞《たくま》しい身体を見上げる俺の口から、また、あの言葉が零れ落ちた。

「愛してる……華門」

「ああ、知っている」

華門もまた、同じ言葉を繰り返しながら、雄から俺の手を外させ、両脚を抱え上げてくる。

「すぐ、挿れてもいいか?」

言いながら華門が、雄の先端を後ろに擦《こす》りつけてくる。

「挿れてほしい……っ」

ぬる、という感触を受け、背筋をぞわぞわとした刺激が駆け抜けていった。逞しいその雄の質感を期待する後ろは早くもざわついている。

両手両脚で華門の傷だらけの背を抱き締め、腰を持ち上げて挿入を促すと、華門はまた、くすりと笑い、耳許《みみもと》で「わかった」と囁《ささや》いた。

「外すぞ」

動けないからな、と華門が身体を起こし、背に回した俺の脚を解《ほど》かせ、抱え直す。次の瞬間には彼が腰をぐっと進めてきたため、俺の呼吸は一瞬止まった。

いきなり奥まで突っ込まれたあとには、激しい突き上げが始まった。

「あっ……あぁっ……あっあっあっあぁあっ」

二人の下肢がぶつかり合うたび、空気を孕《はら》んだパンパンという高い音が響き渡る。勢いのある力強い突き上げは、俺をあっという間に快楽の極みへと導いてくれ、最早《もはや》何も考えられないような状況へと俺を追い込んでいった。

「やっ……あぁ……っ……あっ……あっ……あーっ」

いつしか閉じてしまっていた瞼《まぶた》の裏で、極彩色の花火が何発も上がる。さまざまな色の光が集まり、やがて白一色の強い光で頭の中が一杯になる頃には、喘《あえ》ぎすぎて息苦しさが増していた俺の首は、いやいやをするように激しく横に振られていた。

「もう……っ……あぁ……っ……もう……っ……もう……っ」

苦しい。でもこうしてずっと華門と繫《つな》がっていたい。彼の雄を中に感じ、彼の抑えた息づかいと己の喘ぎが混じる、この空間をずっと共有していたい。

このままずっと——朦朧《もうろう》としてきた意識の中、そんなことを考えていた俺は、不意に片脚を離された直後に雄を握り込まれ、はっと我に返った。

「いくぞ」

ふと目を開いた先、少しも息を乱していない華門が、にこ、と笑ってそう呟いたと同時に、雄を勢いよく扱《しご》き上げる。

「アーッ」

堪《こら》えに堪えてきたところに与えられた直接的な刺激には耐えられるわけもなく、恥ずかしいくらいに大声を上げてしまいながら俺は達し、白濁した液を華門の手の中に放った。

「……っ」

華門もほぼ同時に達したらしく、俺の上で少し伸び上がるような姿勢になる。ずしりとした精液の重さを愛《いと》しく感じながら俺は、キスを求め彼の背を両手両脚で抱き寄せ顔を上げた。

「……あ……」

察してくれた華門が唇を落としてくる。また、俺の口から『愛している』という言葉が漏れかけた、その声を封じ込めるかのように、華門が俺の唇を塞いでくる。

『愛してる』

しっとりとした彼の唇は、呼吸を妨げぬよう、触れては離れ、離れては触れ、と何度も俺の唇に落ちてきた。

愛しい。胸がいっぱいになり、声として思いを発したいのに、それを妨げようとするかのように華門は俺の唇を塞いでくる。

「……華門」

少し横を向くことで彼のキスから逃れた俺は、名を呼び、再び彼へと視線を向けた。

「…………」

そんな俺を見下ろし、華門が静かに首を横に振ってみせる。

「どうして……っ」

問おうとしたその唇をまた、華門がキスで塞ぐ。いやだ。俺を拒絶しないでほしい。いつしか俺の目には涙が滲《にじ》み、嗚咽《おえつ》の声が漏れてきてしまったが、華門はその嗚咽をも飲み込んでやるというかのように、優しい——あまりに優しいキスを俺に与え続けてくれたのだった。

7

俺の涙が収まってきた頃、華門は身体を起こし、俺から離れた。

「待ってくれ。話をさせてくれ」

手早く服を身につけ始めた彼に俺は、シーツ代わりに床に敷いてくれていた彼のコートを、これは渡すまいとしっかりと抱き締め、華門の背に声をかけた。

「話すことはない」

華門が俺を振り返り、短くそう告げる。

彼のグリーンがかったグレイの瞳には今、なんの感情も表れておらず、暗澹《あんたん》たる闇《やみ》の世界が広がっているように見えた。

以前の俺ならその闇に臆《おく》してしまったことだろう。だが、彼を失いたくないという思いがその恐怖に打ち勝っていた。

「ある。二人の未来について、話し合いたい！」

「未来？」

叫んだ俺を見返す華門の目はやはり冷たい。

「あり得ない」

「あり得る。俺は華門と共に人生を歩んでいきたいと思っているんだ！」

相手の都合を聞きもせず、我ながら一方的な望みだとは思うが、それでも、と俺は必死で華門に訴えかけた。

「俺は思っていない」

にべもなく華門が俺に言い捨て、コートを返せ、というように手を伸ばしてくる。

「お願いだ。一緒に連れていってくれ」

返すまいと更に強い力で抱き締めていたというのに、華門が俺に一歩踏み出してきたと思ったときには、俺の腕からコートは奪われてしまっていた。

「足手まといだ」

ばさり、と目の前でコートの裾《すそ》が舞った、その次の瞬間、華門はそのコートを羽織り、俺に背を向けていた。

「いやだ！　ついていく！」

駄目だと言われても、と必死でしがみつくも、華門は俺の手をすり抜け、ドアへと向かっていこうとする。

「愛してるんだ！　頼む！　連れていってくれ！」

尚も駆け寄り、しがみつく。と、華門は肩越しに俺を振り返り、決して彼の口からは聞きたくなかった言葉を告げたのだった。

「鹿園警視にしておけ」

「……鹿園？」

なぜここで彼の名が、と問い返した俺の声に被せ、華門が淡々と言葉を続ける。

「彼はお前を幸せにする気、満々だし、その力もあるだろう」

「わかってないよ、華門。幸せかどうかは俺が決めることだろう？」

華門はなぜだか鹿園が俺に告白したことを知っているようだ。なのになぜ、俺が断ったことを知らないのか。

憤りから俺の声に怒気が混じった。何を怒っているのか、そのときはよくわかっていなかったが、俺の気持ちを踏みにじっているというだけでなく、鹿園の気持ちも軽んじている華門の発言に腹が立ったのだと、あとからその怒りを俺はそう分析した。

「お前と一緒にいたいんだ。それが俺の幸せだ！　どうしてわかってくれない？」

「だから足手まといだと言っている」

華門がきっぱりと言い切り、俺の腕を振り払う。先ほどはいつの間にか逃れられてしまったというのに、今度は自身の腕に、しっかりと華門の抵抗を感じたことに戸惑いを覚えながらも俺は、みたび彼の背に縋《すが》り付いた。

「足手まといにはならないから！」

「なる」

即答されたが、今度、華門は俺の腕を振り払わないまま、言葉を続けた。

「一人なら逃げ切れる。だがお前の命を守りながら逃げるのは困難だ」

「……え……？」

意味がわからない。問おうとした俺の意図を察したのか、華門が俺の腕を逃れて振り返り、真っ直ぐに俺を見下ろしてくる。

「お前を死なせたくはない。だから、連れてはいけない」

華門の目には今、『感情』があった。勘違いかもしれないが彼の瞳の中に宿っているのは、慈愛の光だ。その対象が自分だということが信じられない、と、尚もその瞳を見つめていた俺の目の前で、華門は長い睫《まつげ》を伏せ、その光を消すと、再び前を向き俺の前から立ち去ろうとした。

「待ってくれ。逃げるのは林《リン》の組織からなのか？　もう、人殺しはしないと、そういうことなのか？」

しがみつき、問いかける。が、華門はまたも、するりと俺の腕をすり抜け、何も答えることなくドアへと向かっていった。

「華門！　いやだ！　俺も行く！　自分の命は自分で守る！　だから……っ」

連れていってほしい、と必死で彼の背にしがみつく。

「鹿園警視にしておけ」

華門は再び、俺を苛《いら》つかせる言葉を口にし、部屋を出ていこうとする。

「いやだ！　俺はお前がいいんだ！」

その背に飛びつき、叫んだ俺を華門はようやく振り返ってくれた。

「……………」

彼の瞳がじっと俺を見下ろしてくる。

「愛しているんだ」

頼む。この言葉が、この想いが彼の胸に届いてほしい。祈りを込め、俺もまた真っ直ぐに華門の瞳を見つめた。

五秒。十秒。

時が流れたそのあと、華門の唇が微《かす》かに動く。

『いつか……』

「え？」

確かにそう、聞こえたと思い、問い返したと同時に華門は俺を押し退《の》け、ドアから出ていってしまった。

「華門！」

慌ててドアを開くも、そこにはもう、彼の姿はなかった。あとを追おうにも全裸であったため、室内に引き返し、下着とジーンズを身につけ、シャツを手に事務所を飛び出し、路上に出たが、やはり華門の姿を見つけることはできなかった。

「……華門……」

へなへなとその場に座り込み、彼の名を呼ぶ。

道行く人たちが、この寒空に上半身裸の俺を訝《いぶか》しげに見やり通り過ぎていく。それでも立ち上がれずにいた俺だが、時間が経つにつれさすがに寒さを覚えてきて、仕方なく立ち上がり、シャツを羽織ったそのとき、視界に見覚えのある男が飛び込んできた。

「大牙！」

俺に向かって真っ直ぐに駆けてきたのは――鹿園だった。

「どうした、そんな格好で」

非常に気まずいやりとりをかわしたばかりのはずであるのに、鹿園はまるでいつもとかわらぬ態度で俺に接している。

心配そうに顔を覗き込んでくる彼に俺は、

「どうしてここに？」

と、半ば答えを予測し、問いかけた。

「ああ……」

鹿園は一瞬、言い渋ったものの、すぐに着ていたコートを脱ぎ、俺の肩にかけてくれなが

ら、ぼそりと『答え』を口にした。

「連絡があった。『彼』から」

「……『彼』って華門だろ？」

そんなことじゃないかと思った、と笑った俺の目尻を、一筋の涙が流れ落ちる。

「……あれ……」

泣く気はなかった。大の男が人前で、しかも往来で泣くなど恥ずかしい上に、泣く理由がまた、女々しすぎる。

男に捨てられて泣くとか、あり得ないだろう、と笑おうとしたが、涙は次々込み上げてきて、俺は堪らず両手に顔を伏せ、泣き顔を見られまいとした。

「大牙……」

鹿園が困ったような声で俺の名を呼び、そっと肩に腕を回してくる。

「中に入ろう。ここは寒いから」

さあ、と鹿園は俺を事務所へと導いてくれた上で、今度は恥ずかしさから顔を上げられないでいた俺のためにコーヒーを淹《い》れてくれた。

「……悪い」

「悪いことはないよ。キッチン、綺麗《きれい》に片付いていて驚いたよ」

鹿園が敢えて作ったと思しき明るい口調で告げながら、飲めよ、というように俺の前に置いたコーヒーを目で示してくる。

「キッチン……ああ、華門がやってくれたのかな」

今日はそんな時間はなかっただろうに。思わずくすりと笑いを漏らした俺を見て、鹿園がなんともいえない顔になった。

「おかしいだろ？　あいつ、ああ見えて家事全般、得意なんだ。帰ったあとにはきっちり部屋が片付いている。ああ、料理も得意なんだぜ。一度パスタを作ってもらったんだけど、残り物しかなかったのに凄《すご》く美味《うま》かった」

「……大牙……」

鹿園が俺に呼びかける。

「そういやお前、冷蔵庫を片付けたのは誰かって前にしつこく聞いたことがあったよな。華門なんだよ。隠してて悪かったな」

なぜ、自分がこうもすらすらと華門のことを語っているのか。自分でもよく、わかっていなかった。

鹿園にとっては聞きたい名前ではないに違いない。それがわかっているだけに、この辺りにしておかないとな、と俺は苦笑し、再度鹿園に頭を下げた。

「悪かった。なんだかまだ、動揺しているようだ」

「動揺なら俺もしている。なぜ、『彼』から俺に電話があったんだ？」

鹿園が硬い表情で問いかけてくる。

「華門、なんだって？」

一体どういう電話だったのかと俺が問うと、鹿園は少し迷う素振りをしたあと、ぽつぽつと電話の内容を語り始めた。

「短い電話だった。大牙は今、事務所にいるから行くようにと」

「……それで？」

「それだけだ」

すぐ、電話は切れた、と告げる鹿園の言葉に、嘘はないようだった。

「……そうか……」

「半信半疑で来てみたら、半裸のお前が路上にいて驚いたよ」

敢えて、なんだろう。笑ってみせる鹿園に俺もまた無理に作った笑顔を向け、口を開いた。

「……お前にしておけと、華門に言われた」

「え？」

意味がわからなかったらしく、鹿園が目を見開き、俺に問い返してくる。

「愛している、華門と共に人生を歩みたい、どこまでもついていきたいと言ったら、華門に言われたんだ。『鹿園にしておけ』と。鹿園は俺を幸せにする気、満々だし、幸せにする力もある男だからと」

「……なんだ、いい奴だな、そいつ」

鹿園がどこか拍子抜けした顔になったあとに、苦笑というに相応《ふさわ》しい笑みを浮かべ、肩を竦《すく》める。

「僕に電話をかけてきたのも、大牙のことは任せた、というつもりだったのかも」

「ああ。間違いない」

「ますますいい奴じゃないか」

鹿園が笑い、手を伸ばして俺の肩を叩く。

「でも、大牙にそのつもりはない」

「……ああ」

頷くのには勇気がいった。華門は果たして『いい奴』だったのか、と思う。こうして鹿園の思いを徹底的に否定することになるとは、彼は考えなかったのだろうか。

俺にとって愛する相手は華門一人であり、いくら思いを寄せられようとも鹿園に気持ちが移ることはない。

真剣に俺を思ってくれているであろう彼に対しても失礼だと思うから。それを再認識させることを、なぜ華門は予想しなかったのか。

酷いよ、と心の中で呟いていた俺は、鹿園に再度肩を叩かれ、はっとして彼を見やった。

「落ち着いたのなら、そろそろ行こう」

「……どこに？」

問い返してから、行き先はもしや警察か、と気づく。

華門は逃げた。彼と交流のあった人間は俺だけだ。また、取り調べが始まるということだろう。俺に語れることはそうない上に、華門逮捕に繋がるようなことを喋《しゃべ》るつもりはない。

それでも、捜査の手が伸びているとなれば、取り調べを受けようと思う。自分のしてきたことには責任をとらねばならない。鹿園の温情に甘えるわけにはいかない、と俺は答えを告げようとした鹿園に対し、

「いや、いい」

と首を横に振り、両手を出した。

「何をしている？」

鹿園が戸惑った声を上げる。

「手錠、かけるんだろう？」

逮捕される覚悟はできている、と頷いた俺の前で鹿園はぷっと吹き出すと、

「行こう」

と立ち上がり、俺に手を差し伸べてきた。

「…………？」

どうやら行き先は警察ではないようだ。ならどこへ、と戸惑いつつも俺も立ち上がり、鹿

園に導かれるがまま、事務所を出る。

「……え？」

鹿園が俺を連れていったのは、事務所のごく近所にある春香《はるか》の家だった。

どうしてここへ、と戸惑っていた俺の前で鹿園がインターホンを押す。

『遅かったじゃないのよう！』

インターホン越しに春香の声がした直後、扉が開き、春香の恋人にして、今や百億もの資産を相続することになった君人《きみと》が顔を出した。

「あ……」

じろ、と俺を睨《にら》んできた君人に声をかけようとした、その声に被せ、彼が不機嫌にこう言い捨てる。

「あのさ、春香、まだ本調子じゃないんだから。無理させないでやってもらえるかな」

「……申し訳ない」

俺を見張りにきたときのことを言っているのだと察し、頭を下げた俺の耳に、忌々しげな君人の舌打ちが響く。

「いいから入ってよ。春香、待ちかねているから」

「え？」

意味がわからず、問いかけたときには既に君人の姿はドアの向こうに消えていた。

「行こう」

唖然《あぜん》とする俺の肩を抱き、鹿園がドアノブに手をかけ、ドアを大きく開く。

玄関にはいくつもの靴が並んでいた。見覚えのあるライダーブーツや華奢《きゃしゃ》なヒールの靴もある。まさか、と思いつつ、鹿園に導かれるがまま春香の家のリビングへと向かった俺を迎えてくれたのは、家の主である春香と彼の恋人、君人だけではなかった。

「遅いじゃないのよ、トラちゃん」

ワインを手に、俺を睨んでいるのはルポライターの麻生だった。

「大牙が来ないからもう、始めちゃってるからね」

そう口を尖《とが》らせてみせたのは、あれだけの口論を繰り広げた、兄の凌駕《りょうが》だ。

「祐二郎《ゆうじろう》、何を愚図愚図している。早く座りなさい」

凌駕の横には鹿園の兄、理一郎《りいちろう》もいる。

「さ、パエリアができたところよ。トラちゃん、あんた好きだったでしょ」

キッチンから大鍋を手に現れたのは春香だった。

「春香さん、大丈夫なの?」

顔色はそう悪くなかったが、体調を案じ問いかける。

「大丈夫なわけないじゃん。でも、パエリア作るってきかないんだよ」

春香に駆け寄り、パエリアの大鍋を取り上げながら、君人がじろりと俺を睨む。

「無理って、そっちか」

思わず呟いた俺に春香は、

「無理なんてしてないわよう」

と豪快に笑うと、座って座って、と俺と鹿園をダイニングのテーブルへと導いた。

「すごいね……」

テーブルには所狭しと、料理自慢の春香の手による洒落《しゃれ》たオードブルやらシチューやら、それにサラダやら肉料理やらが並んでいた。

なんのパーティなのだ、と戸惑い顔を見た俺に向かい、春香がウインクしてみせる。

「トラちゃんの慰め会よ。あんた、ふられたんだって？」

「えっ」

どうしてそれを、と驚き、情報が早いじゃないか、と鹿園を睨む。

「いや、どっちかにはなると思ったんだ。僕の失恋記念日か、お前の失恋記念日か」

「やだ、ダーリン、玉砕したのね。もう、思い切りはついたの？」

麻生がうきうきした口調でそう言い、鹿園に駆け寄ってきた。

「いや、つきません。何せ僕は奴に大牙を頼むと言われたんですから」

「ええっ？　マジ??」

「うそでしょ？」

「なにそれっ」

春香が、そして麻生や凌駕もまた驚きの声を上げる中、鹿園が俺の肩を抱き、にっこり、と微笑んできた。

「大牙、言ってやってくれよ。『彼』がお前に何を言ったか」

「それは……」

何がなんだかわからない。俺は皆に縁を切られたんじゃないのか。なぜ、皆、少しも変わらぬ態度、笑顔で俺を迎えてくれるというのだろう。

「仕方がない。大牙が言わないなら自分で言うよ。『華門』は僕にはこう言ったんだ。『大牙のことは頼む』と。で、大牙にはこう言った。『鹿園にしておけ』と」

「ちょっとぉおお！　なにそれ。華門、許すまじだわっ！」

きぃ、と麻生が吠《ほ》え、俺を睨む。だが彼の目には温かな光が宿っていた。

「いい選択だよね。僕だって華門よりロシアンを選ぶもん」

凌駕がそう言い、ねえ、と理一郎を見やる。

「比べるまでもない……けど、祐二郎には幸せな結婚をしてもらいたいんだよな」

複雑そうな顔になる理一郎に、

「兄さんにそれは言われたくないな」

と鹿園が肩を竦め、それを聞いてみんなが「違いない」と笑う。

「…………あ…………」

このとき俺は、気づいてしまった。

皆が『華門』と、彼の名を呼んでくれていることに――。

「大牙、ほんとにお前、言われたの？　華門に『鹿園にしとけ』って？」

兄の口からも華門の名が出る。

「うん……言われた……」

頷く俺の目にはまた、涙が滲んできてしまった。

さっきから俺の涙腺《るいせん》は緩みっぱなしだ。皆の前で泣くのは恥ずかしい、と唇を噛み俯いた俺の背を、皆がどやしつけてくる。

「何泣いてんのよ。あんたね、アタシからロシアンとろうとしても無駄だからね？」

麻生がそう言い、俺を小突く。

「いつ僕が麻生さんのものになったっていうんです？」

ぎょっとした口調になる鹿園に凌駕が、

「恭一郎《きょういちろう》の片想いだから気にしなくていいよー」

と笑っている。

「いや、気にしましょうよ」

慌てた口調の麻生に鹿園が、

「申し訳ありませんがそれはちょっと困ります」

ときっぱり言い切り、場は騒然となった。

「ダーリン、どうしてっ」

「いや、そもそも『ダーリン』じゃないですし」

「マイダーリン‼」

冷たく言い放つ鹿園に、麻生が縋る。

「ちょっとちょっと、あんたたち、まずは乾杯でしょ？　それに料理も食べてよ……っても う食べてるの？　いやあねえ。主役が到着するより前に」

春香がもどかしげに告げた横で君人が、

「本当にもう、みんな勝手だよね」

と言い捨てた。

「さあ、乾杯しましょ。トラちゃん、あんた、グラス持った？　さあ、乾杯よ。トラちゃん、元気出してね。男は華門だけじゃないのよ」

春香もまた華門の名を出してくれた。その時点で俺の涙腺はもう、崩壊していた。

「……ありがとう、春香さん。みんな……」

どうして——どうして皆、俺を許してくれたのか。

皆を裏切り、秘密を抱え続けた俺をどうしてまた受け入れてくれるのか。理由はわからない。いや、理由なんてないんだろう。すべては皆の懐の深さゆえだ、と思うとまた、ありがたすぎてどう反応していいのか、わからなくなってしまう。

「…………でも…………」

「何が『でも』よ。さあ、グラス持ちなさい。ほら、恭一郎も泣いてないで、ああ、凌駕！あんたは飲み過ぎよ。秘蔵のロマネコンティをあんた、がぶがぶ飲んでるんじゃないわよ」

「いいじゃん。ロマネならまた、理一郎が買ってくれるでしょ」

「勿論。喜んで進呈するよ。そうだな、僕たちが付き合って三ヵ月記念日とかのお祝いを皆にしてもらおうじゃないか」

「いいね、それ！」

「よくないわよ。なーにが三ヵ月お祝いだか。凌駕、あんたこの三ヵ月の間に一体、何人の男とよろしくやってたか、アタシが知らないとでも思ってるのぉ？」

麻生が意地の悪い声を出し、凌駕が「なにそれ」と動揺する。

「凌駕、それは本当なのかっ」

理一郎が憤った声を上げ、凌駕が「違うって」と慌てて否定する。

「違わないわよー」

麻生が歌うような声でからかうのもまた、いつもの調子ではあった——が、どこか芝居めいていることに、気づかない俺ではなかった。

皆が俺に気を使っている。俺を元気づけようとしている。

隠していたのに。華門のことを。殺し屋とのかかわりをずっと隠し続けてきた俺に、どうしてそうも優しくしてくれるのか。

申し訳なさが先に立ち、俺は皆に向かって大きな声で詫びていた。

「ごめん……っ……本当に……ごめん。今まで、隠していて……」

「ほんとよ。水くさいったらないわ」

「そうよそうよ。あたしたちには話してくれてもよかったんじゃない？　そりゃ、止めたとは思うけどさ」

麻生が、春香が俺を責め立てたが、彼らの顔には笑みがあった。

「大牙に隠し事なんてできるわけないのにさあ」

口を尖らせ、悪態をつく兄、凌駕の顔にも笑みがある。

彼らの笑顔を見ているうちに、俺の気持ちは昂《たかぶ》り、言うつもりのない言葉を告げてしまっていた。

「ごめん……本当に、ごめん。皆に華門を紹介したかった。それが俺の夢だったんだ。だから、この前、狩野《かのう》と名乗っていた彼を紹介できたとき、夢がかなったと、そう思った。本当に嬉しかった。俺は……俺は華門を、皆に……春香さんや麻生さん、それに兄さん、理一郎さん、君人君に紹介したかった。愛する人だと。鹿園にも認めてもらいたかった。ごめん。

今まで、嘘を吐《つ》いていて、本当に……ごめん……っ」

最後のほうは込み上げてきた嗚咽に飲み込まれ、上手《うま》く言葉として発することができなかった。

「馬鹿。あんたはほんとに馬鹿よ」

「恋に恋しちゃってんのよ。百戦錬磨のあたしたちに聞きなさい！」

春香の、麻生の涙声が響き、次々背をどやしつけられる。

「百戦錬磨ってほど、二人とも恋愛経験ないくせに」

悪態をつく兄の声にも涙が滲んでいることに、俺は当然気づいていた。

「なにそれ。感じ悪いわね」

「人数多いのを勲章とでも思ってるんじゃないの？」

兄を責める二人の声もまた、敢えて作った明るいものである。

「ごめん……っ」

それらの声は俺の謝罪をかき消すために発せられているのだと、痛いほどわかるだけに、ますます涙は止まらなくなった。

「泣くな、大牙」

鹿園が力強い手で俺の肩を抱き、大丈夫だ、というように揺さぶってくる。

「そうだよ。泣き虫なんだから」

からかう凌駕と隣で微笑んでいる鹿園兄に、

「嘘泣きじゃない分、あんたよりマシよ」

揶揄《やゆ》する春香に、

「春香さんの作ったパエリア、みんな食べなよ」

憤慨する君人に、

「マイダーリンは渡せないけど、今だけは腕を貸してあげるわ」

渋々そう告げる麻生に、そして——。

「今夜、友情が必要なら俺はお前の『親友』の役割をしっかり果たしてみせるよ」

肩を抱き、耳許でそう囁いてくれる鹿園に対し、この上ない感謝の気持ちが胸に溢《あふ》れる。

「ごめん……っ」

華門。俺はこんな温かな仲間に囲まれている。お前にも仲間がいたらよかったのにな。

一人、逃走を続ける彼の不憫《ふびん》さを思うとますます泣けてきてしまう、そんな俺の気持ちを皆は充分悟ってくれているらしかった。

「さあ、飲みましょ」

「そうそう。今日は慰め会なんだから」

「理一郎さん、なんならすぐにもロマネコンティ、準備してくれてもいいのよぅ」

浮かれる春香と麻生の声を、

HARU KIMI'S KITCHEN
NEPIRE

「図々しいんじゃないのぉ？」

「まかせてください」

明るい兄と理一郎の声を、

「春香さん、無理だけはしないでね」

案ずる君人の声を、

「大牙、もう泣かなくていいから」

慰めてくれる親友、鹿園の声を、俺はただただ有難く享受しながら、いつの日にか皆に恩返しができる日があろうことを、ようやく皆が『殺し屋』ではなく『華門』と名を呼んでくれたことに対する感謝の思いを胸に願い、差し出されるグラスに己のグラスをぶつけ、何度となく「ありがとう」と繰り返し続けたのだった。

この夜の状況を華門に説明できる日が一日も早く来るといい。そう願いながら——。

8

一年後――。

相変わらず佐藤《さとう》探偵事務所は『繁盛している』とは言えない状況ではあった。頼みの綱である兄が今や、鹿園兄の理一郎の『専業主婦』状態で、少しも事務所に顔を出さないことが事務所の経営に暗雲をもたらしている主要な原因といえた。

だが、兄の不在はおそらく、俺を元気づけるものだとわかっていただけに、できるかぎり俺も兄に出番を要請しないよう、心がけていた。

仕事が忙しければ忙しいほど、ぽっかり空いてしまった心の隙間を埋めることができる。

それを兄はわかっており、頼りないことは承知した上で俺に事務所を預けてくれているに違いなかった。

それを証拠に、その月の家賃が払えそうにないような状況に陥ったときには、渋々彼は出てきて、家賃分の仕事をこなし、また『専業主婦』へと戻っていくのだった。

「大牙、いい加減、サービス業の極意を学んでよ」

独り立ちしてもらわないと、お嫁に行けないじゃない、と口を尖らせる凌駕に対しては「ごめん」と頭を下げるしかなく、一日も早く一人前になれるよう、その『極意』を必死に凌駕から盗もうとしていた。

鹿園との関係も、ありがたいことに今までどおりだった。

彼が三日にあげず事務所を訪ねてくるのも同じだったし、すぐ俺を夕食に招こうとするのも、今までとまるで同じだった。

「気を使うなよ。俺はしたくてしてるんだから」

最初のうち、俺はただただ、恐縮していた。だが、鹿園にそう宣言されてからは、できるだけ気にしないようにと意識を切り換えたのだった。

それが鹿園の望みでもあるとわかったからだが、心のどこかでは、彼の『友情』に甘えているのでは、と案じる部分があった。

「甘えているのは俺のほうだから」

だが鹿園にそう言われ、割り切ることができた。

「お前が華門を諦《あきら》められないように、俺もお前を諦めることはできない。お前も華門には期待していないようでしているだろう？　俺も同じだ。お前にはきっぱりふられたけど、それでもお前の傍にいたいと思う。親友としてでもいい。お前を失うより、ずっとマシだ」

だから気にしなくていい、と言う彼の言葉に甘えるのはどうかと随分悩んだ。だが、『傍に居たい』という気持ちは、拒絶できないと思った。

俺もまた、華門に拒絶されたくないと願ったからだが、鹿園があれこれと気にかけてくれる『友情』には、誠心誠意応えたいと、そう考えたのも事実だった。

一年の歳月はあっという間に流れた。

凌駕にとっては長い歳月だと思うのだが、彼の目が鹿園の兄、理一郎以外に向くことがないのはある意味、奇跡といってよかった。

春香は体調を整え、元気に毎日を過ごしている。

君人は百億の遺産を相続したものの、運用については春香と、彼に頼まれた鹿園、それに鹿園兄に任せ、本人は今までどおりアパレル業界での仕事を頑張っている。

麻生は折に触れ、俺に華門の情報を流してくれていた。そんな彼から今日、俺にもたらされた知らせは、驚愕に値するものだった。

「林輝《リン・フェイ》の組織が壊滅したわ」

「……え？」

どうして、と驚く俺に向かい、麻生が原稿用紙にプリントした記事を差し出してくる。

「来週発売の週刊誌に載せるネタよ」

読んでいいわ、と告げる彼の言葉を待たず、読み始めたその紙面には驚くべき内容が綴《つづ》られていた。

林輝の父が癌《がん》で急死したのが半年前のこと。代替わりした林の組織は、父親の威厳で数ヵ月は栄華を保っていたものの、すぐに没落の危機に瀕《ひん》したらしい。

というのも、トップとなった輝の指針のブレが、組織員に受け入れられなかったためである、という記載を読む俺の胸には、なかなかに複雑な思いが渦巻いていた。

組織員たちの気持ちが離れた一番のきっかけは、林があくまでも『J・K』こと華門の行方を追おうとしたことらしかった。

過ぎるほどの執着が組織員たちの反発を呼び、結局は組織内で勃発したクーデターにより、林は命を失ったという。

俺にこの記事を読ませたあと、麻生は、やれやれ、というように溜め息をつき、こう言葉を続けた。

「これでもう、殺し屋『J・K』の命を狙う団体はなくなったわ。ま、タナボタっぽくはあるけどね。相変わらず、世界的に指名手配はされているけど、少なくとも命の危険はなくなった。それが何を意味するか、トラちゃんにはわかるわよね」

「……麻生さん……」

わざわざ雑誌が発売になるより前に教えてくれた、彼の好意に対し、俺は深く頭を下げ、感謝の気持ちを伝えた。

「ありがとうございます。華門にまた、連絡を取ってみます」

「連絡、とり続けているんだっけ。華門も安堵《あんど》してるんじゃない？　今度こそ連絡つくわよ」

大丈夫、と微笑んでくれた麻生の顔は優しげだった。

「つくといいんですけどね」

今まで、何度連絡を入れようとも、無視され続けてきた。華門の『無視』が林の執念を思いやったものであるのなら、まだいい。単に彼が俺を切り捨てた、その証《あかし》であるという可能性もあるだけに、そんなコメントしかできなかった俺の肩を、麻生がぽんと叩いた。

「つくわよ。信じなくてどうするの。ほんと、林輝が自滅してくれてよかったわ」

「麻生……さん……」

名を呼んだ俺に麻生はにっこりと微笑み、自身の書いた記事に再び目を落とした。

「林はバケることもできたのよ。何よりカリスマ性があったしね。でも、目の前に与えられたチャンスをみすみす逃してしまった。Ｊ・Ｋへの執着によって。これはもう、自己責任よ。彼は大局を見るべきだった。それができなかったのは本人の責任だわ」

冷静な麻生の言葉は、素直に俺の頭の中に落ちてきた。

「早々に連絡がつくことを祈ってるわ」

麻生がそう言い、俺の肩を叩く。

「ありがとう」

礼を言った俺に麻生は、

「上手くいったらすぐ教えて。ロシアンにもソッコーで伝えたいから」

とウインクし、彼なりの思惑を俺に伝えたあとに事務所を出ていったのだった。

彼を見送ってすぐ、俺は久し振りに華門の携帯に電話をかけてみた。

ワンコール。ツーコール。

今までは何度電話を鳴らそうとも、華門は応対に出てくれなかった。心が折れそうになったこともある。が、まだ電話が通じていることに、一縷《いちる》の望みを繋いでいた。

今日もまた、華門が応対に出ることはないだろう。覚悟をしていただけに、暫《しばら》くして、『カチャ』と通話ボタンが押される音がしたその瞬間、俺は逸《はや》る気持ちを抑えることができず、その名を叫んでしまったのだった。

「華門か？　麻生さんに聞いた。林は死んだんだよな？　もうお前を執拗《しつよう》に追い続ける組織はなくなったと、そう思っていいんだよな？」

『…………』

握り締めた携帯の向こうから、華門の息づかいが聞こえてくる。

「勿論、お前の罪が消えたわけじゃない。でもお前の生命の危機はもう脱したと、そう思っていいんだよな？」

問いかける俺に対し、華門は何も応えることなく黙り込んでいた。

「会いたいよ、華門。もう、どれだけ会っていないだろう」

会いたい。顔を見たい。声を聞きたい。

無事でいることに関しては、案じてはいない。だが、だからといって、無事を確かめたくないわけではないのだ。そう念じていた俺の心中を察してくれたのか、耳に華門の、淡々とした声が響く。

『ちょうど一年前だ。「鹿園にしておけ」と言ったはずだが、結局、そうしなかったのか？』

「本気で言ってるわけじゃないよな？　それに、お前が結果を知らないわけもないよな？」

この一年というもの、連絡は取れなかったまでも、常にその視線は感じていた。

いい加減、認めてもいいのでは。そう告げる俺の耳許で、くす、と笑う華門の声が響く。

『俺も会いたかった』

「華門……っ」

それこそが、俺の聞きたい言葉だった、と喜びの声を告げようとしたそのとき、バタンと音を立てて事務所の扉が開き、見覚えがありすぎるほどにある長身が俺の目の前に現れた。

「華門っ！」

電話を放り出し、駆け寄っていく。

「やあ」

一年ぶりだというのに、華門の返しは淡々としていた。

まるで歳月を感じさせない彼の言動は、俺を苛つかせると同時に、この上ない安堵を与えてもくれた。

「会いたかった」

「俺もだ」

「本当に？」

「ああ、本当だ」

あまりに嬉しすぎる言葉を告げているにもかかわらず、彼の口調はあくまでも淡々としていた。が、俺の背を抱き締め返すその腕の力強さが、彼の思いを物語っていた。

「来たんだよな。お前が言っていた『いつか』が」

俺もまた、華門の背を固く抱き締め返し、耳許に囁く。

「待ち侘《わ》びていた。こうして華門と抱き合うこの日を」

「……そうか」

華門が微笑み、俺の背を更に強い力で抱き締め返してくる。

「お前も望んでくれていたんだよな？」

『会いたかった』と言ってもらえたときにはこの上ない喜びを感じていたはずなのに、なんだかどんどん自分が欲張りになっていくのがわかる。

「ああ」

華門の低い声が耳許で響き、背を抱き締めてくれていた彼の手に一段と力がこもった。

「愛してる」

彼にも言ってほしい。切望といってもいい願いは、だがそのときは聞き入れてはもらえなかった。

「仕事はもういいのか?」

『俺も』という台詞《せりふ》を期待していた耳に響いたのは、そんな意外な言葉だった。

「え?」

かつて彼が俺のスケジュールについて気にしてくれたことがあっただろうか。呼び出したとき以外はいつも風のように現れ、嵐のように俺を抱いてまた去っていく。慌ただしい行為の余波で、下半身裸の姿を鹿園に見られたこともあった。なのに今、華門は俺のこれからの予定を気にしている。

最早神出鬼没ではなく、普通の逢瀬《おうせ》となったのか。これから俺たちは、何日にどこで会おう、と約束し、会うことになるんだろうか。

思わず頬《ほお》が笑いに緩む。

「……何を笑っている?」

華門が俺の背から腕を解き、顔を見下ろしてくる。

「……いや……多分、今の俺は相当浮かれてるんだ」

「多分じゃないだろう」

自覚はあったが、どうやらそれ以上に浮かれているのを華門に見抜かれたことで、ますます俺は浮かれてしまったようだ。

「うん。確実に浮かれている」

「……まあ、今日くらいはな」

華門はそう言うと、やにわに俺をその場で抱き上げ生活スペースに通じるドアへと向かっていった。

「『今日くらい』？」

彼の言葉が気になり、問いかける。が、華門は微笑んだだけで何も答えようとはしなかった。

「華門？」

浮かれていた気持ちが一瞬冷める。『今日くらい』ということはこの先には『普通の日々』が待っているわけではないのか。こうして会えるのは『今日くらい』だと華門が言い出したらどうしよう。

不安が募り、『違う』という答えを期待し、問おうとする。が、そのときには華門は俺の寝室へと到着しており、ベッドにそっと身体を下ろされ、口を開くより前に覆い被さってきた彼に唇を塞がれていた。

「ん……っ」

華門の手が実に器用に、俺から服を剝ぎ取っていく。一年ぶりに彼の指先が肌に触れる感触に、急速に欲情が昂《たか》まり思考が少しおろそかになった。

大丈夫。話はあとでもできるはず。今は彼の存在をこの手で、肌で、全身で感じていたい。間違いなく彼が腕の中にいることを。もう二度と離れなくてすむということを、言葉以上に身体でも感じたかった。

「華門……っ」

あっという間に全裸に剝《む》かれた己の胸に華門が顔を埋《うず》めてくる。ちゅう、と片方の乳首を吸われると同時にもう片方をきつく抓られ、早くも鼓動が高鳴る。

「や……っ」

我ながら甘い声が唇から漏れ、まだ行為も序盤じゃないかとさすがに恥ずかしくなった。

「…………」

華門が目を上げ、にっと笑いながら乳首を軽く嚙んでくる。

「あっ」

痛いほどの刺激に加え、込み上げる羞恥《しゅうち》が快楽を増幅させる。それが華門にバレているのがまた恥ずかしい、と目を伏せた俺の乳首を華門は更に強く嚙み、もう片方を抓り上げた。

「やぁ……っ」

堪らず喘ぎ、大きく背を仰《の》け反らす。己の雄がみるみるうちに熱と硬さを増していくのがわかる。脚に触れる華門の雄の感触も酷く熱く、それが勃ちきっていることにますます欲情が煽《あお》られた。

早く一つになりたい。彼を中に感じたい。その願いを抑えることができず、自ら両脚を開き華門の腰に回す。

華門はすぐに俺の望みに気づいてくれたようだった。ふっと笑った彼が身体を起こし、俺の両脚を抱え上げる。

「……この一年、誰かと寝たか？」

露《あら》わにされた後ろは、自分でも呆《あき》れるくらい、挿入を期待しひくついていた。それを見下ろし、華門が問いかけてきたその内容にはむかついたあまり、彼の腕を逃れ、身体を起こそうとした。

「本気で聞いているのか？」

だが華門の腕は緩まず、恥部を露わにした恥ずかしい格好のまま、俺は彼に抗議するべく睨み上げた。

「自分で弄ったりはしたか？」

だが華門には俺の怒りが通じていないらしく、にや、と笑いながら尚もむかつかせる言葉を口にする。

「するわけないだろ」

実際、したくなることはままあった。だが、オナニーならともかく、自分で自分の後ろを慰めるというのにはやはり抵抗があり、したくてもできないでいたというのが実情だった。

「そうか」

華門がまた、にや、と笑う。

「なら充分、解《ほぐ》さないとな」

「…………」

言いながら華門が自身の指を咥《くわ》えたあと、唾液《だえき》に濡《ぬ》れたその指を、つぷ、とそこへと挿入させてくる。

この時点で俺は、もしや華門もまた相当浮かれているのでは、という可能性に気づき、なんだか嬉しくなってしまった。

「華門……は……っ？」

この一年、誰かを抱いただろうか。抱いていないという答えを期待していたが、もし、『抱いた』と言われたらショックか、とすぐさま気づき、問いを取り下げることにする。

「……いいや、別に」

「なんだ、聞かなくていいのか？」

俺の後ろに入れた指を動かしながら華門がそう問うてくる。にやついている彼の顔を見上げるに、やはり彼も浮かれているんだなとわかり、笑いそうになっていたところ、彼の指が入口近くのコリッとした部分に触れたため、身体がびくっと震えてしまった。

「そうだ。ここだった」

ふふ、と華門が笑い、執拗にその部位を攻め始める。

「や……っ……あっ……あぁ……っ」

いわゆる前立腺を間断なく刺激され続けるうちに、すっかり息が上がり、下肢からじわじわと這《は》い上ってきた熱が全身を覆っていった。

「も……っ……いれて……っ……くれ……っ」

内壁が激しく収縮し、華門の指にまとわりつく。行為が一年ぶりであることは間違いない。自分で弄ることもしなかった。だが、少しのブランクも感じられない後ろの反応に、戸惑い以上に悦《よろこ》びを覚える。

その理由はといえば、すぐにも華門を受け入れることができるからで、その思いを俺は、いっとき恥じらいを捨て去り言葉で訴えることとしたのだった。

「わかった」

華門は焦《じ》らすことなく、俺の希望を受け入れてくれた。ふっと笑って頷くと、指を引き抜き、俺の両脚を抱え上げてくれる。

「華門……っ」

いよいよだ。期待感が増すあまり、声が上擦ってしまう。

「なんだ?」

問い返してきた華門に、俺は伝えるべき言葉を持たなかった。

ただただ、早く繋がりたい。だがさすがにこれ以上の催促は恥ずかしい。何も言えない俺を見下ろし、華門がくす、と笑う。その笑みを見た瞬間俺は、彼にからかわれていると察したのだった。

「ひどいな」

「なんのことやら」

華門がまたも笑いながら、雄の先端を後ろに擦りつけてくる。

やはり華門は相当浮かれているようだ。それがまた愛しくも嬉しい。不意に胸に熱い思いが込み上げてきて、泣きそうになった。

嬉し泣き、ということだろうか。大の大人が泣くのは恥ずかしい、と唇を噛んで堪えようとしたそのとき、ずぶ、と逞しい雄の先端が俺の中に挿入されてきた。

「あぁ……っ」

一年ぶりの感触。充分慣らされているというのにやはり違和感を覚えたことで、改めて一年という歳月を思い知らされ、また俺は泣きそうになった。

「キツいな」

華門が呟き、ゆっくりと腰を進めてくる。

「……あぁ……」

少しずつ、狭道をこじ開けるようにし華門の雄が俺の中に収まっていく。ああ。華門だ。また彼と一つになることができた。一年もの間、会いたくてたまらなかった華門とこうして抱き合っている。

こんな幸せなことはない――堪えようとしていたが結局無駄に終わった涙が、俺の目尻を幾筋も流れ落ちていった。

「泣くな」

華門の優しい声音が頭の上から降ってくる。

「…………嬉しくて……」

嬉し泣きができるなんて、本当に幸せだと思う。もう、大丈夫だから。両手両脚を華門の背に回し、ぐっと抱き寄せようとする。

そのとき、華門が口を開いた。

「大牙は涙もろいな」

「……え……」

今、なんと言った？　俺の名を呼んでくれたのか？

思わず声を漏らした俺の目の前、華門が今まで見せたことのない表情を浮かべたあと、俺の両脚を抱え直す。

今の顔は、そう――照れているようだった。華門が照れるなんて、信じがたい気がして尚も顔を見上げようとしたが、直後に激しい突き上げが始まり、俺から思考を奪っていった。

「あっ……あぁ……っ……あっあっあっ」

奥深いところに華門の逞しい雄が突き立てられる。彼の太い雄が抜き差しされるたび、内壁との間に摩擦熱が生まれ、その熱が全身へと回っていくのにそう時間はかからなかった。

「や……っ……あっ……あっあっ……あぁ……っ」

二人の下肢がぶつかり合うときに空気を孕んだ破裂音が響き渡る。喘ぐ自分の声が酷く甘えたものであることに、頭を抱えたくなるほどの羞恥を覚えはしたものの、過ぎるほどの快感がその羞恥を吹き飛ばした。

「いく……っ……あぁ……っ……もう……っ……もう……っ……いきたい……っ」

いきたい。そう。一緒に――願いを込め、華門の背を抱き締める。

「行こう」

華門の低いがよく響く声が確かにそう告げたと思った直後、俺の片脚を離した華門が雄を握り、素早く扱き上げてくれた。

「アーッ」

直接的な刺激を受け、我慢できずに俺は達し、白濁した液を辺り一面に放ってしまった。

「たまってたな」

くす、と華門が俺を見下ろし、笑いかけてくる。

…TAIGA?

「……たまってたよ。何せ一年ぶりだからな」

自慰くらいはしていたが、と続けようとしたが、それはかなわなかった。華門の唇が俺の唇を塞いだからだ。

「ん……」

達したばかりでまだ息も整っていなかったが、それでも俺は華門の唇を求め、息苦しいであろうという俺への配慮から唇を離そうとする彼の唇を自らの意思で塞ぎ続けた。

一年——たった一年、と感じる人間もいるだろう。だが俺にとっては長い、長い一年だった。毎夜のように夢を見た。華門と二人、ベッドで抱き合い、愛を語らう夢を。

夢を見ている時間はこの上ない幸福に包まれている。だがそれが夢だとわかったときに覚える空《むな》しさに、俺は毎度打ちのめされたものだった。

もう二度と、この背を離したくはない。その気持ちを伝えねばと見上げた先、華門が優しげに目を細め、微笑んでみせる。

「俺も同じだ」

「え？」

唐突に語られた言葉の意味がわからず、問い返す。

「俺も一年間、たまってた」

「……華門……」

下ネタか、と笑ってしまったものの、俺の胸に溢れているのは幸福感以外の何ものでもなかった。

「……本当に？」

問わずにはいられなかった。が、『本当だ』という答え以外は返ってきてほしくはなかった。

「『本当だ』」

それを見抜いたらしい華門が望み通りの返事をし、俺に唇を寄せてくる。

こんなにお互い浮かれていていいんだろうか。そう思いはしたものの、いいんだろう、と敢えて考えることにした。

一年間も待ったのだ。しかもこの先、二人の間に開けている未来はとても、簡単に『薔薇《ばら》色』といえるものではない。

ああ、だからこその『今日くらい』か、と、俺はようやく先ほど華門が告げた言葉の意味を察したのだった。

華門の命を執拗に付け狙っていた林はこの世から消えた。とはいえ、華門が今までに千人以上の人間の命を奪ってきた過去は消しようがない。

彼は既に、人の命を奪うことを生業《なりわい》にすることをやめている。だがそれを世間的に受け入れてもらうには、随分と時間がかかることだろう。

この先、待ち受けているのは茨の道であることを覚悟し、彼は『今日くらい』浮かれてもいいと言ったのだ。その道を歩んでいく決意を込めて。

彼一人に歩かせはしない。共に、そう、並んで同じ道を歩いていく。俺の胸にもその決意がしっかり芽生えていた。

どれだけ時間がかかろうとも、決してへこたれはしない。華門が決してへこたれないように。二人共にいればきっと大丈夫だ。その思いを込め彼の背を抱き締め返し、優しいくちづけに身を任せる。

薄く目を開くと、視線の先では華門が、思いは同じだというかのように目を細めて微笑んでいて、これ以上ないほどの幸福感を俺に与えてくれたのだった。

愛執果つるその日まで

辺り一面、焼け野原である。幼い頃に育ったこの、母名義の古い家が最後の逃げ場と思っていたが、さすが父の片腕だった男は抜け目がない、と林輝《リン・フェイ》は未だ炎が燻《くすぶ》っている瓦礫《がれき》の山を前に自嘲《じちょう》の笑みを浮かべた直後、その場に崩れ落ちた。

代替わりをして暫《しばら》くは、自分を見つめる組織の皆の目に期待感が溢《あふ》れているのがわかった。組織の長としての父は息子の林から見ても明晰《めいせき》な頭脳と大胆な行動力を併せ持つ、いわばカリスマ性のある指導者だったが、晩年、病がちになってからは、行動力や判断力が鈍っていると林も、そして周囲の者もまた、認めざるを得なかった。

裏切り者は決して許さないという冷徹さをも鈍り、命乞いをされると見逃すこともあった。自らの余命が幾許《いくばく》もないことを察していたがゆえに、気弱になっていたのだろうと、古くから父の傍《そば》にいる大老たちはあからさまな批判はしないものの、胸には不満を抱《いだ》いていたことが林にもよくわかっていた。

父がいよいよ亡くなり、自分の代となったとき、林はまず、裏切り者の――華門《かもん》の行方《ゆくえ》を組織の総力を上げて探すよう指令を出した。

裏切り者は許さない。華門を目の前に引き摺《ず》って来い。決して見逃しはしない。組織の皆も最初のうちは林の指令に異議を唱えることなく従ってくれていた。

だが――。

倒れ込んだ地面の、己の身体《からだ》の下にドクドクと血が流れ染み込んでいくのがわかる。

あなたは我々の指導者ではない。

就寝しているところを幹部たちに取り囲まれ、四方より銃を突きつけられた。

あなたが見ているのは華門だけだ。しかもその目は肉欲に曇っている。濁っている。あなたの私情に振り回されるのはもう真っ平だ。

口々に批難が浴びせられ、銃口が火を噴く。二人、殺すのがやっとだった。なんとかその場を逃げ出したものの、逃亡を続けるには困難なほどの傷を負った。

皆の心が離れていきつつあることには気づかないではなかった。が、ここまでとは判断できていなかった。

自分の耳に、この内紛を伝える人間が一人もいなかったことに衝撃を覚えた。晩年の父どころではなく、一人として己の組織の人間の心を摑《つか》むことができなかった自分が情けなかった。

肉欲に曇った目、か。

見抜かれていたこともまた、情けない。一番情けないのは執着を抑えることができなかった自分自身だが。

そろそろ視界もぼやけてきた。追っ手も間もなくやってくるだろうが、その時に彼らが発見するのは自分の骸《むくろ》だ。

当然ながら取り縋り、泣き喚《わめ》くなどということにはならず、嘲笑され、足蹴《あしげ》にされるに違いない。

一体どこで間違えたのだろう――林の閉じた瞼《まぶた》の裏に、幼い日の光景が浮かぶ。

人間死期が近づくと子供に帰ると言う。それもあろうが、思い出のこの場所に郷愁をそそられたせいもあるだろう。

初めて――華門と顔を合わせたのも、この家だった。

あるとき父がどこかから連れ帰ってきた暗い目をした少年は、最初口がきけないのかと思うほどに、林がいくら話しかけようとも一言も言葉を発しなかった。

父がその子供を自分の意のままになる殺人機械として育てようとしていることは、随分と早いうちから林も悟ることとなった。

林は当時五歳で、生とか死とか、具体的に把握してはいなかったが、ほぼ同じ年頃の華門にとってはどちらもごく身近な存在となっているようで、まず、彼のそんなところに憧《あこが》れた、と当時を思い起こす林の頬《ほお》にはいつしか笑みが浮かんでいた。

しなやかな身のこなし。素早く的確な攻撃力。生物の命を奪うのに、少しも躊躇《ためら》いをみせないその思い切りの良さを、林の父は高く評価し、自分に刃向かう人間を次々標的として彼に与えた。

一人、また一人と彼の手にかかり死ぬ人間が増えていく。だが彼の態度も表情も、その頃には少しは喋《しゃべ》るようになった、その口調もまるで変化を見せず、彼にとって人の命を殺《あや》めることは少しの罪悪感をも覚えることではないのかと、そう感じたときには既に林は彼に対し、恋といっていい感情を抱いていた。

今から思うとあれは、恋――というより、憧れだったのかもしれない。

ありとあらゆる感情から超越している、彼のようになりたかった。同時に、その彼が唯一抱く感情が自分に向いてくれればいいとも願った。

やはり、恋だろうか。

身体の関係は簡単に持てた。望めば彼は応えてくれた。だが、それは雇い主である父の息子の自分が『抱け』と命じたからで、向こうから望まれ、求められたことは一度もなかった。仕方がない。彼はそういう人間なのだ。

幼い頃、そう、父に拾われてきたあの頃から、彼には感情らしい感情はなかった。

両親は目の前で惨殺されたらしい。仕向けたのは父であることは本人も知っているだろうに、恨みに思うことなく言われるがまま手足となって、大勢の人間を殺している。

一度、彼に聞いたことがあった。

『父を恨んでいないのか』

と。

『恨む？』

彼は眉《まゆ》を顰《ひそ》め、意味がわからない、といった顔になった。微《かす》かに生まれた感情に、あのとき随分ときめいたものだと、蘇《よみがえ》る記憶に思いを馳《は》せそうになっている自分に気づき、またも林は自嘲した。

『親を殺されたことを恨みには思わないのか？』

『親のことなど、覚えていない』

華門の答えは淡々としていた。

『覚えていたら恨んだか？』

『さあ』

彼には『恨む』という感情がないのか、結局答えは『わからない』というものだった。

他人を恨むことを知らない彼は、他人を愛することも知らない。他人どころか、自分を愛することも、そして自分を嫌うこともなく、実に飄々《ひょうひょう》と生きている。

そんな彼の目は常に暗く、他人の姿を映すことは滅多にない。唯一、彼の目が他人の姿を映すのは、殺す直前に見据える、その瞬間だった。

誰をも映さないその瞳《ひとみ》に自分の顔を映したい。勿論、手にかかって死にたいという意味などではなく、彼の世界に唯一存在する人間になりたい、という意味で。

身体を繋ぐようになっても、彼の目は相変わらず暗いままで、それでそんな望みを抱くようになったのかもしれない、と林は当時の自分の心理状況を振り返った。

セックスはとびきりよかった。が、それは『とびきりよくしろ』と命じたためだとわかっていた。

彼のほうから腕を伸ばしてくれるといい。荒々しく抱け、と命じなくとも、込み上げる欲情を堪《こら》えきれないとばかりに押し倒され、貪《むさぼ》るように唇を塞《ふさ》がれたい。いつしか林はそう願い、その日を待ち侘《わ》びる日々が続いた。

馬鹿げた願望だ。感情のない男に何を求めても無駄なのだ。諦観《ていかん》は間もなくやってきて、いつしかそんな望みも忘れていたというのに、ここにきて彼の瞳に映る男が一人現れた。

佐藤大牙《さとうたいが》——ああ、憎いその名を、死ぬ間際に思い出すとは。

ギリ、と唇を噛みしめ目を開く。閉じているとあの憎らしい顔を思い出してしまいそうだったからだが、まだ昼間だというのに視界は暗く、瓦礫の山はぼんやりとしか見えなかった。曇天だからか、と思うも、背に照りつける太陽の日差しの温かさを感じるところをみると、どうやらもう、出血多量で意識が朦朧《もうろう》としているようである。

彼の存在さえなければ、こんな末路を迎えることもなかっただろう。

呪術《じゅじゅつ》などまるで信じてはいないが、こうなれば自棄《やけ》だ。呪《のろ》いながら死んでやろう、と、林がその名を口にしようとしたそのとき、視界にばさりと黒いコートのはためきが過《よぎ》り、まさか、とあまりよく見えなくなっている目を瞬《しばた》かせ、視線を上げた。

「…………ジョー…………」

いつの間に現れたのか、目の前に華門が立っていた。じっと自分を見下ろす目は相変わらず暗い。

なぜ、その瞳は佐藤大牙の姿のみ映すのか。あの男のどこが自分に勝っているというのか。まだあの男が、たとえばその兄のように飛び抜けた容姿の持ち主だったら。または親友のように高い能力とバックグラウンドの持ち主だったら。その大家のように突出したキャラクターの持ち主だったら、納得はできたかもしれない。

だがあのような平凡な、なんの取り柄もないとしか思えない男がなぜ、彼の唯一無二になれたのか。それだけに許せない、と唇を噛んだ林の目の前に華門がすっと手を差し伸べてきた。

「……なんだ……？」

声を発しようとしたが、とても『声』にはならず、掠《かす》れた息の音だけが唇の間から漏れた。

「…………………」

華門は何も喋らずにいた。林が見つめる先、ようやく彼の引き結ばれた唇が解《ほど》ける。

「お前の父親には一度命を救われている」

「…………なに……？」

林は華門が何を言おうとしているのか、よくわかっていなかった。考えようにも頭がぼんやりし、既に思考が働かない。

華門が林の腕を摑み、身体を抱き上げようとする。

一度、父に命を救われたから、一度は息子の命を救うと、そういうことか。察したと同時に林の胸にはやりきれないとしかいいようのない思いが溢れ、華門の胸を押しやっていた。

「下ろせ。銃を貸せ。お前を殺す」

声を発せないほど弱り切っていた、自分のどこにそんな力があったのか。戸惑うような心の余裕などあるはずもなく、林はただ叫び、華門の腕の中で抗《あらが》った。

なんということだ。華門を繋ぎ止めていたものは、父への恩義、それだけだった。『一度命を救われている』というのは両親と一緒に殺すことをせず、殺人機械として育てるために連れて帰った、そのことを指しているのだろう。

華門と過ごした日々が走馬灯のように林の頭に浮かぶ。幼い頃から今の今まで、彼と自分を繋いでいたその絆《きずな》は、彼の胸にあった父への恩義、それのみだった。

華門にとっての自分の存在は『命を一度助けてくれた男の息子』というだけだったと、命を失おうとしているこんなときに思い知らされるとは、なんたる不運、と、暴れているうちに林はなんだかたまらなく可笑《おか》しくなり、空に向かい笑い始めた。

「馬鹿だ。もっと早いうちにわかっていればよかった。恨む気持ちを持たないお前が、まさか父に恩義を感じているとはわからなかった。お前の心にないのはマイナス感情だけか。プラスの感情はあったのか。なぜそのことを私は気づかずにいたのだろう」

馬鹿だ、本当に。ゲラゲラと笑い続ける林は、喉《のど》に込み上げてきた熱いものをゲホッと吐き出した。

ああ、血だ。もう、長くない。霞《かす》む視界の向こう、華門のなんの感情も宿していないようなグレイがかった緑の瞳が見える。

「……私が佐藤大牙を呪おうとしたから、来たんだろう？」

すらすらと言葉が口をついて出た――というのは、もしかしたら錯覚で、実際は少しも喋ることができず、粗い息の音を響かせているだけかもしれない。だとしてもおそらく、華門には自分の言うことが伝わっているに違いない、と林は微笑み、ぼやけて最早《もはや》、視界全体が濃い灰色にしか見えない中、再び口を開いた。

「……呪う力などもとよりないから安心しろ」

「……このまま、死ぬ気か」

華門の声が遠くに聞こえる。声音に少しだけだが感情が――自分を案じているかのような思いが込められているような気がしたが、それもまた錯覚かもしれない、と林は自嘲し、首を縦に振った。

最早、自分の腕の中には何も残っていない。何よりもう、疲れていた。

せめて――そうだ、せめて最後の願いを告げよう。彼のプラスの感情を利用して。

ふと頭に浮かんだその思いが、林の頬に笑みを浮かばせ、彼は閉じてしまっていた目をなんとか開き、灰色の視界の向こう、華門の顔を見上げた。

「……父の恩義に応えたいのなら、私が死ぬまでこうして抱いていろ」

「…………」

華門は何かを言いかけた。が、やがて彼は頷くと、瓦礫の中に腰を下ろし、林の身体を居心地のよさを思いやるかのようにそっと抱き直した。

「……ありがとう……」

礼を告げた林の目の前、霞んで殆《ほとん》ど見えない視界の向こうで、華門の唇が微かに動く。

「どういたしまして」

「……どこで覚えた。そんな……」

最後に聞く言葉がそれか。ははは、と笑う林の目尻を一筋の涙が流れ落ちる。

愛執果つるその瞬間を今、迎えようとしている。そう自覚する林の胸には、それまで得たこともないほどの安らかな気持ちが漲《みなぎ》っていた。

ガールズトーク2

「いよいよ、華門《かもん》が戻ってくるのかぁ」

ここは春香《はるか》のサロン――という名のリビング。麻生《あそう》から連絡をもらったあと春香がその麻生と凌駕《りょうが》に声をかけ『作戦会議』が始まった。

参加者はその三人に加え、春香の同居中の恋人、君人《きみと》と、凌駕が連れてきた彼のダーリン、鹿園理一郎《しかぞのりいちろう》の五人である。

溜《た》め息交じりに冒頭の言葉を告げたのは凌駕で、困った、というように眉《まゆ》を顰《ひそ》め春香を見た。

「大牙《たいが》、大丈夫かなあ」

「大丈夫って？　主に何が？」

春香が皆に、ワインをサーブしながら問いかける。

「いろいろと……うーん、やっぱりお兄ちゃんとしては心配なんだよね」

考え考え言う凌駕の横では理一郎が「もっともだ」と真面目に頷《うなず》き、言葉を続けた。

「指名手配中の殺し屋であることには変わりはないからね」

「理一郎、逮捕はやめてね。大牙に一生、恨まれちゃう」

凌駕が甘えた声を出し、理一郎にしなだれかかる。

「勿論《もちろん》、わかっているよ。ただ弟に関しては自信がないが」

「そういや恭一郎《きょういちろう》、ロシアンには知らせたんでしょ？　なんだって？」

肩を竦《すく》める理一郎を見やったあと、春香が麻生に問いかける。

「知らせたんだけどね」

「どうだった？」

身を乗り出す凌駕の目は今や爛々《らんらん》と輝いていた。好奇心溢《あふ》れるその顔を麻生はじろりと睨んだあと、

「なんだよう」

と口を尖《とが》らせた凌駕を無視し、春香に向かって溜め息を漏らし首を横に振った。

「動揺してたわ。少し時間をくださいって言われちゃった。だからといってまあ、逮捕しに来ることはないとは思うけど」

「……ある意味この一年は、ロシアンにとっては幸せな一年間だったんだもんね」

春香の言葉に麻生が「そうなのよ」と頷く。

「……確かにここ一年、祐二郎《ゆうじろう》と大牙君は蜜月《みつげつ》といっていい親しい時間を過ごしていたな」

理一郎もまた頷くと、切なげな顔になり溜め息を漏らした。

「祐二郎はさぞ、苦悩していることだろう。さて、慰めに行くか」

「もう、ブラコンー」

途端に彼の横で凌駕がぶーたれる。

「ブラコンではないよ。凌駕も大牙君のことが心配なんだろう？　それと一緒だ」

「なんか一緒じゃない気がする」

ここでいらぬ一言を挟んだのは、それまで一言も発していなかった君人だった。

「だよね。僕も常々、思ってるんだ。理一郎の興味の八割はロシアンのことなんだよう」

酷《ひど》いと思わない？　と淩駕が周囲に訴えかけるも、彼の発言に気を留める人間は、その場には「そんなことはないよ」と慌ててみせる当の理一郎くらいしかいなかった。

「ここはやっぱり、恭一郎が頑張るしかないんじゃない？」

けしかける春香に麻生が、

「やっぱそうかしら」

と目を輝かせる。

「心の隙間を埋めるのよ」

「モグロフクゾウか」

またも的確な突っ込みを入れる君人を、麻生がじろりと睨《にら》む。

「あんたね、自分がこの世の春状態だからって人の恋路をからかうんじゃないわよ」

「別にからかってはいないつもりだけど」

心外だったらしく、君人が珍しく麻生に反論したあと喋《しゃべ》り出す。

「そもそも、華門さんが戻ってくるって、それ、決定事項なのかな？　なんとかいう女装の男が死んで、命の危険は去ったけれど、相変わらず全世界で指名手配中なんでしょ？」

「そのとおりね。ってことは……ねえ！」

春香が惚《ほ》れ惚《ぼ》れした顔で君人に相槌《あいづち》を打っていたが、何かに気づいたらしく、大きな声を上げた。

「なに？」

「なんだよう。いきなり大声出して」

麻生が、凌駕が春香を見る。

「華門が戻ってくるんじゃなくて、トラちゃんが彼とどっかに行っちゃうんじゃない？」

「指名手配を逃れて、か」

それはあるな、と頷く理一郎の横で凌駕が、

「それは困る！」

と叫ぶような声を上げる。

「兄さんは許しません！　大牙はいてくれないと困るよう！」

「あんたはよくいなくなるじゃないのよ」

春香の突っ込みに凌駕が、

「最近はずっといるでしょ」

と口を尖らせたあとに、

「それに僕と大牙じゃ違うじゃない」

と周囲に訴えかける。

「僕のは失恋旅行で必ず帰って来る保証があるけど、もし大牙が華門と姿を消したら、いつ戻ってくるかわからないんだよ。盆と正月は必ず戻るとか、確約してもらわないと、僕、困るよ。一人でお墓参りとか行けないしさ」

「あんたの墓参りはともかく、確かにその危険はあるかもね」

麻生もまた心配そうに眉を顰め、春香を見る。

「うーん、どうかしら」

春香は首を傾《かし》げたあと、ちらと時計を見やった。

「まだそんなに遅くない時間だし、トラちゃんのところに行ってみましょうか、みんなで」

「なんとなく、お楽しみ中って気もするけど」

ねえ、と凌駕が理一郎を見やる。

「……凌駕、君はいいのか?」

理一郎の問いかけに凌駕は意味がわからないといった顔となった。

「何が?」

「大牙君の相手が犯罪者ということだよ」

「あー、それはもう、仕方ないよね」

やだけどさ、と凌駕が肩を竦める。

「大牙がべた惚れなんだもん。その気持ちは否定できないでしょ。華門が大牙の気持ちを利用しているとかならまた話は別だけど、華門もどうやら大牙のことを大事にしてくれているみたいだしね」

「それにしても……」

ふう、と溜め息を漏らす理一郎に、凌駕がにこ、と微笑《ほほえ》みかける。

「理一郎も一緒でしょ。弟には幸せになってもらいたいって気持ちは。ロシアンだって大牙への片想いなんてやめて、いいとこのお嬢さんと華々しく結婚してほしいとか、言えなくない？」

「確かに、それはそうかな……」

うむ、と理一郎が頷く。

「祐二郎にとって大牙君はどれだけ大切な人だかがわかるから、諦《あきら》めろとはちょっと言えないよね」

「そこは言ってほしかったんだけどねー」

麻生が恨みがましく理一郎を睨む。

「あたしの思いだって大切な人に向けられた純粋なものよ」

「恭一郎が好きなのって、子供の頃のロシアンでしょ。半ズボンへの執着って純粋なものとはいえないいんじゃないかなー」

横から凌駕が意地悪く突っ込み、それを聞いた麻生がキイ、となる。

「凌駕、あんた、アタシになんか恨みでもあるわけ？」

「恨みなんてないよう。ただ僕にとってもロシアンは可愛い弟だからさあ」

「『弟』ということは凌駕、君は僕と夫婦同然と、そう思ってくれているんだね？」

理一郎が嬉しげに叫び、凌駕が、

「当然！」

と彼に抱きつく。

「……バカップルには帰ってもらったら？」

ここでまた、君人の冷静な突っ込みが入ったが、春香が珍しく彼に否定的な言葉を告げた。

「そうしたいのは山々だけど、一応凌駕が一番の『当事者』だからね」

「ねえ、春香さん、一度聞きたかったんだけどさ」

君人があからさまにむっとした顔になり、春香を見つめる。

「あら、なに？」

怒りの原因にはさっぱり心当たりがない、と目を見開いた春香に、君人が少し言いづらそうにしながらもこう、問いを発した。

「春香、トラさんのことには随分親身になるけど、春香にとってトラさんってどういう存在なの？」

「いやだわ！　君人、もしかして妬《や》いてくれてるの？」

浮かれた声を上げる春香の横では凌駕と麻生が、

「トラさんって、葛飾柴又《かつしかしばまた》しか浮かばないよね」

「さくらぁ、男はつらいよ」

とふざけている。そんな二人の頭を春香はパシッパシッと軽く殴ると、

「いたぁい」

「なにすんだよう」

と口を尖らせる麻生と凌駕を無視し、君人をきつく抱き締めた。

「もう、馬鹿ね、君人。妬く必要なんてないのよ。アタシがトラちゃんかまうのは、凌駕がこんなだからに決まってるじゃない！」

「『こんな』ってなんだよう」

凌駕が不満げに口を尖らせる。

「人格的に破壊されてるってことでしょ」

麻生が意地悪く説明するのに凌駕が「ひどぉい」と今度は彼を睨む。

「そ、だから気にかけてるだけで、性的な興味は一ミリもないから、安心していいのよーっ」

もう、可愛いひと、と春香が君人を抱き締め、君人もまた、

「わかってるけど」

ともそも言いながら春香の背を抱き締め返す。

「みんな、酷いよねえ」

凌駕がわざとらしく理一郎の胸に縋《すが》り、理一郎がそんな彼を愛《いと》しげに抱き締める。

「なんか気分悪いわー」

麻生が悪態をついたそのとき、インターホンの音が響き、皆の注意をさらった。

「あら、誰かしら」

「ロシアンじゃない？　じゃなかったら宅配便」

春香の問いに凌駕が答える。

「マイダーリン？」

やだ、そうかも、と麻生が弾んだ声を上げ、玄関へと物凄《ものすご》い勢いで駆けていった。

「どちらさま？」

期待のこもる声で呼びかけた麻生は、ドアの向こうからその人物の声が聞こえた瞬間、文字通りその場で飛び上がった。

「僕です。鹿園です」

「きゃー！　マイダーリン！」

叫んだ直後にドアを開き、外に佇《たたず》む鹿園に抱きついていく。

「もう、入って！　アタシばっかりボッチで居場所がなかったのよう」

「ボッチって？　他に誰がいるんです？」

さりげなく背に回った麻生の腕を解《ほど》きつつ、鹿園が笑顔で問いかける。

「まあ、マイダーリン、そんな、無理して笑わなくてもいいのよ。さあ、どうぞ。自棄酒《やけざけ》にならら付き合うわ」

「……ありがとうございます、麻生さん」

苦笑する鹿園の背を麻生が促し、リビングへと向かう。

「やあ、祐二郎」

「兄さん、来ていたのか。仕事は？」

「すませてきたよ。お前もだろう？」

「ああ、まあ……」

兄の前で鹿園が少し、居心地の悪そうな顔になる。

「なんだ、仕事を放り出してきたのか？」

「いや、そういうわけじゃないですけど」

途端に厳しい表情となった理一郎の前で、鹿園は慌てて首を横に振りはしたが、すぐ、はあ、と深い溜め息を漏らした。

「……仕事に身が入らなかったのは事実ですが」

「祐二郎、あまり思い詰めるな」

さあ、おいで、と理一郎が隣の席へと弟を導こうとする。

「大丈夫よ。ロシアンはこちらへ」

どうぞ、と麻生は鹿園の腕を組むとそれまで自分の座ってた二人掛けのソファに向かい彼と並んで腰を下ろした。

「あら、飲んでる？」

近く身を寄せたのでわかったのか、麻生が鹿園の顔を覗《のぞ》き込む。

「はい……まあ、覚悟はしてたんですけどね」

鹿園が苦笑し、首を横に振る。

「心のどこかで、期待していたんでしょう。このまま、華門が大牙の前に姿を現さないでいてくれるといいなと。世の中、そうそう自分にとって都合よくことが運ぶもんじゃない。それを思い知らされました」

「ロシアン、まだ飲める？　それとも水にしとく？」

春香が思いやり溢れる声でそう、鹿園に尋ねかける。

「今夜は飲みたい気分です。僕もワインをもらえますか？」

「そうよ、こんな日は飲みましょう！　さあ」

麻生がどこか浮かれた声を上げるのに被《かぶ》せ、凌駕が意地悪く言い捨てた。

「ロシアン、気をつけなね。恭一郎はロシアンのこと、喰《く》う気満々なんだから」

「ちょっとやめてよね。アタシはあんたとは違うのよ」

「何が違うって？　恭一郎も充分肉食系じゃない」

「凌駕さん、自分のこと肉食系って認めてるんだ」

ぼそ、と君人がまたも的確な突っ込みを入れる。

「愛に対して貪欲《どんよく》って言って」

「待ってくれ、凌駕、貪欲ってどういう意味だ？」

横から理一郎が焦った声を上げるのに、凌駕が慌てて否定する。

「冗談だから。いや、冗談じゃないか。理一郎との愛については貪欲だから」

「僕も君との愛には貪欲だ」

「わあい、おそろいだね」

凌駕が浮かれた声を上げ、理一郎にしなだれかかる。

「……兄さん……」

鹿園は切なげな表情を浮かべ、そんな凌駕を抱き寄せる兄の姿を見ていたが、やがて微笑み首を横に振った。

「それはそれで……いいのか。兄さんが幸せであるのなら」

「そういうことよ。トラちゃんだって本人が幸せならまあ、いいじゃない？」

さあ、どうぞ、と春香が鹿園にワイングラスを差し出し、笑いかける。

「……ですよね。そこが一番、大切なところだと思うし」

ありがとうございます、と鹿園がグラスを受けとったのを見て、麻生が陽気な声を張り上げた。

「それじゃ、乾杯しましょ。トラちゃんの幸せと、そしてここにいる皆の幸せを祈って！」

春香の音頭で皆、手にしていたグラスをそれぞれ掲げてみせる。

「乾杯」

「乾杯！」

「ロシアンもその気になればすぐ、幸せになれると思うよぅ」

皆が唱和したあと、凌駕が鹿園にグラスを差し出してくる。

「僕でよかったらいくらでも、話、聞くからね」

「ちょっとー！　このビッチ、何言っちゃってんのよう」

麻生が憤った声を上げ、

「凌駕、君は……」

理一郎が啞然《あぜん》とした顔になる。

「違うよう。僕はただ、愛する弟の代わりに、ロシアンを慰めてあげようとしただけで……」

「いや、あんた、今めっちゃめちゃ下心が見え隠れしてた」

きっぱり言い切る麻生の声を聞き、君人がまた、的確な突っ込みを入れる。

「『見え』てはいたけど『隠れ』てはいなかったよね」

「もう、君人、あんたさっきから冴《さ》えてるわ」

そんな彼を愛しげに春香が抱き締め、頬《ほお》に音を立ててキスをする。

「凌駕、君はやはり、貪欲なんだな」

「違うよ違う。理一郎、誤解しないで」

哀しげな顔になる理一郎を凌駕が必死でフォローする。

「マイダーリン、泣きたいのならこの胸を貸すわ」

その様子を見ていた鹿園の横では麻生がそう告げ、両手を広げてみせていた。

「涙も引っ込みますよ、これじゃあ」

鹿園が笑い、そんな麻生にグラスを差し出す。

「ありがとうございます。救われました。今夜一人でいるのはつらすぎたから」

「なら二人で過ごしましょう」

身を乗り出す麻生に鹿園が、やんわりと断りの言葉を口にする。

「ここで皆で過ごすことにします。大牙の幸せを祈りながら」

「本当に大牙は幸せだと思うよ。こんなにみんなに愛されてさあ」

羨《うらや》ましいよう、と凌駕が不満げな声を上げるのに、その場にいた皆が口々に突っ込む。

「日頃の行いでしょうに」

「あんたは浮気ばっかしてるからよぅ」

「大牙は一途《いちず》ですから」

「まあ、キャラクターの差、かなあ」

「理一郎、なんとか言ってやってー」

泣き真似をし、理一郎の胸に縋り付く凌駕を見て、皆が声を上げて笑う。

愛すべき仲間たちと、愛する人の幸せを祈る。これほど救われることはないではないか、と微笑む鹿園の脳裏にはそのとき、幸せそうに微笑むその『愛する人』の顔が——友情を育《はぐく》むだけであってもいいので傍《そば》にいたいと願い続けてきた、『親友』の顔が浮かんでいた。

犬も食わない

「……で？」

目の前でしくしくと――先ほどまで獣の咆哮《ほうこう》のような泣き声を上げていたのだが、さすがに声が嗄《か》れたと思われる――泣きじゃくる春香《はるか》に問いかける。

因《ちな》みに春香というのは可愛い名前を裏切る三十八歳のれっきとした男で、俺の兄の親友にして俺たち兄弟のやっている探偵事務所兼住居の大家でもあった。

その探偵事務所に彼が泣きながら駆け込んできたとき俺はちょうど依頼人と打ち合わせの真っ最中で、今まさに契約が成立しそうになっていた。が、その依頼人もいきなり部屋に飛び込んできた百八十センチを軽く超えるスキンヘッドのオカマにビビリまくり、契約する前に事務所を飛び出していってしまった。

数週間ぶりの依頼人をよくも逃がしてくれたなと恨みがましい目を向けたが、そんなことはお構いなしとばかりに春香は俺に抱きついて泣きじゃくり、ようやくそれが落ち着いてきた――というところだった。

「トラちゃん、聞いてよ。もう酷《ひど》いのよ～」

収まったはずの涙が、喋《しゃべ》り出したと同時に春香の目から滝のように流れ出る。フルメイクの彼のマスカラが流れ落ちることなく、しっかりと長い睫《まつげ》を形作っているのに感心しつつ、家賃滞納の負い目もあって、仕方なく俺は春香の訴えを聞いてやることにした。

「『酷い』って、何があったんだ？　仕事関係？　それともプライベート？」

俺の前職は刑事であるので、人から話を聞きだそうとする際、『取り調べ』調になるきらいがある。それが依頼人を逃す最大の原因だと、春香には常日頃注意されてもいるのだが、今の彼にはその余裕もないらしい。

「プライベートに決まってるじゃないの」

そう言ったかと思うと、バシッと俺の肩を物凄《ものすご》い力で叩いた挙げ句に、またわんわんと泣き出してしまった。

「………」

『決まってる』と言われても、と困り果てた俺の頭に、ピンと閃《ひらめ》くものがあった。勘だけはいいというのが俺の唯一の取り柄なのだが――自分で言ってて悲しくなる――今回も俺の勘はいつもどおりの冴《さ》えを見せた。

「もしかして、浮気とか？」

問いかけた途端、春香がはっとしたように顔を上げたかと思うと、またも俺に抱きつき、ウォンウォンと物凄い声を上げて泣き始めた。

「さっき、見ちゃったのよう。彼、綺麗《きれい》な男の子と二人で楽しそうに買い物してたの。今日は仕事だって言ってたくせに、なんだってカルティエなんかにいるのよう～」

泣き声――喚《わめ》き声、といったほうが相応《ふさわ》しいが――の合間合間に春香が語った内容からまさに『浮気』がビンゴだったと察する。

春香のパートナーは君人《きみと》という弱冠二十歳《はたち》の美青年で、二人は自他共に認める『ラブラブカップル』だった。信じがたいことに——なんて言うと春香に怒られるが——なんと、君人のほうが春香にゾッコンラブで（古いか）、俺と春香が話しているだけでも嫉妬《しっと》に燃えた視線を向けてくるくらいなのに、その彼が美少年と浮気とは、と驚いていた俺に抱きついたまま春香が泣き喚いていたそのとき、いきなり事務所のドアが開いたかと思うと、

「春香！」

という呼びかけと共に、噂の君人が飛び込んできたものだから、俺は唖然《あぜん》とし、物凄い形相で近づいてきた彼を見やってしまった。

「春香！　何やってるんだよ！」

春香の腕を君人が摑《つか》み、怒鳴りながら俺から引き剝《は》がす。

「あんたこそ、何やってたのよ‼」

春香もまた君人を怒鳴りつけ、まさに修羅場、という雰囲気が室内に満ち溢《あふ》れた。

「あ、あの、二人とも、落ち着いて」

仲裁をするのはこの場合、俺しかいない。

春香は家事が得意な、たおやかなオカマではあったが、剣道柔道合気道空手、すべて有段者なのだった。夜道が怖いからという理由で武道を習ったらしいが、今までの彼の人生でその必要性があったのかは謎である。

それはともかく、その彼が暴れ始めたら君人も俺も命が危ない、と必死で取りなそうとする俺を、二人はまるっと無視してくれた。

「何って何が」

「アタシ、見たのよ！　さっきあんた、カルティエの店にいたでしょ？　今日は仕事だって言ったじゃない！　嘘つき！」

「えっ」

途端に君人が、しまった、という顔になる。それを見て春香はますます激昂《げっこう》した。

「一緒にいた男は誰よ！　浮気者‼　一生アタシだけを愛するって言ったじゃない！」

「誤解だ！　春香！」

「何が誤解よ‼」

往生際悪く、君人が言い訳しようとする。が、春香はキイと叫び、聞く耳持たなかった。

「信じてたのに！　馬鹿馬鹿馬鹿馬鹿‼　あんたなんてもう、知らない‼」

そう言い、またも春香が俺に泣きつこうとする。と、君人は果敢にも俺と春香の間に割り込んできたかと思うと、

「違うんだ！」

と叫び、いきなり春香の前にカルティエの赤い箱を差し出した。

「何よ、これ」

唐突に目の前に出された少し大きめの箱に春香も驚いたらしく目を見開く。と、君人は彼の前で、パカ、とその箱を開いた。箱の中から燦然《さんぜん》と輝くラブブレスが現れ、ますます目を見開いた春香に対し、君人は少し照れた顔で言葉を発した。

「今日は僕らが初めてキスした記念日だから……これをプレゼントしたくて」

「え」

そんな記念日、よく覚えてるな――という以上に、そんな記念日程度でカルティエかよ、と唖然としたのは俺ばかりだった。

「ダーリン‼」

春香が感極まった声を上げ君人に抱きつく。

「一緒にいたのは友達だよ。僕はアクセサリーの知識がまるでないので、何を買ってあげたら喜ぶか、相談に乗ってもらっただけだ。第一僕が春香以外の男に目を向けるわけがないじゃないか」

「ごめんなさい、疑って。でも、でも、あまりにも綺麗な子だったから……」

「僕にとって最高に綺麗なのは春香だよ」

「もう！　ダーリンったらっ！」

目の前で熱い抱擁と共に、ご馳走《ちそう》さまとしかいいようのない熱烈な恋人たちの会話が繰り広げられる。それを呆然《ぼうぜん》と見ていた俺の視線を感じたのか、春香が照れくさそうに俺を見返し、パチリとウインクをして寄越した。

「トラちゃん、お騒がせしたわね」

「さあ、帰ろう」

それすら嫉妬心を煽《あお》るのか、君人がじろりと俺を睨《にら》んだかと思うと、己にしなだれかかる春香の背に腕を回し事務所を出ようとする。

「それじゃトラちゃん、仕事頑張ってね」

陽気な声を残し、今日が『初キッス』の記念日だというラブラブカップルは出ていった。

あとに残された俺が、その仕事を潰《つぶ》しやがったのは誰だ、とふて腐れたのは、言うまでもない。

あとがき

はじめまして&こんにちは。愁堂れなです。

この度は六十二冊目のルチル文庫となりました『真昼のスナイパー　長いお別れ』をお手に取ってくださり、どうもありがとうございます。

ＪＫシリーズ（スナイパーシリーズ）完結編です。二〇〇九年にはじまって以来、今回で六冊目となります。

毎回毎回、本当に楽しみながら書かせていただきましたので、皆様にも少しでも楽しんでいただけているといいなとお祈りしています。

奈良千春先生、シリーズ開始から完結まで、本当にお世話になりました！　毎回、素晴らしい表紙や口絵、そして先生にいただいたどのラフも私の宝物となっています。

最初にキャララフをいただいたときの感動をつい昨日のことのように思い出します。たくさんの幸せを本当にありがとうございました。これからもどうぞ宜しくお願い申し上げます。

また、今回も大変お世話になりました担当様をはじめ、本書発行に携わってくださいましたすべての皆様に、この場をお借り致しまして心より御礼申し上げます。

最後に何より、本書をお手に取ってくださいました皆様に御礼申し上げます。

個人的には本当に大好きなシリーズでした。大牙と華門のやり取りもですが、カマカマネットのガールズトークを書くのが楽しかったです。皆様にも楽しんでいただけていましたらこれほど嬉しいことはありません。

よろしかったらどうぞ、お読みになられたご感想をお聞かせくださいね。心よりお待ちしています！

次のルチル文庫様でのお仕事は、来月文庫を出していただける予定です。こちらは以前、ルナノベルズで発行していただいた本の文庫化となります。その翌月には新たに書き下ろした新作を発行していただけることになっています。どちらもよろしかったら、お手にとってみてくださいね。どうぞ宜しくお願い申し上げます。

また皆様にお会いできますことを、切にお祈りしています。

平成二十八年一月吉日

愁堂れな

（公式サイト『シャインズ』http://www.r-shuhdoh.com/）

✦初出　真昼のスナイパー　長いお別れ……………書き下ろし
愛執果つるその日まで……………………書き下ろし
ガールズトーク2………………………………書き下ろし
犬も食わない……………………………………ルチル文庫創刊五周年フェア
SSカード（2010年5月）

愁堂れな先生、奈良千春先生へのお便り、本作品に関するご意見、ご感想などは
〒151-0051 東京都渋谷区千駄ヶ谷 4-9-7
幻冬舎コミックス　ルチル文庫「真昼のスナイパー　長いお別れ」係まで。

幻冬舎ルチル文庫

真昼のスナイパー　長いお別れ

2016年2月20日　第1刷発行

✦著者　愁堂れな　しゅうどう れな

✦発行人　石原正康

✦発行元　株式会社 幻冬舎コミックス
〒151-0051 東京都渋谷区千駄ヶ谷 4-9-7
電話 03(5411)6431［編集］

✦発売元　株式会社 幻冬舎
〒151-0051 東京都渋谷区千駄ヶ谷 4-9-7
電話 03(5411)6222［営業］
振替 00120-8-767643

✦印刷・製本所　中央精版印刷株式会社

✦検印廃止

ISBN978-4-344-83661-7　C0193　Printed in Japan

幻冬舎コミックスホームページ　http://www.gentosha-comics.net

「幻冬舎ルチル文庫」
大好評発売中

発行●幻冬舎コミックス　発売●幻冬舎

愁堂れな
「花嫁は二度愛を知る」
若くして昇進し〝高嶺の花〟と称される美貌の警視・月城涼也は、ICPOの刑事であるキース・北条と遠距離恋愛中。そんな中、キースの追っている怪盗「blue rose」からの予告状が届く。キースが来日すると思いきや、担当が変わったと別の刑事が来日。帰宅した涼也の前に、「blue rose」の長・ローランドが現れる。キースから連絡もなく落ち込む涼也は……。
イラスト
蓮川愛
本体価格533円+税